Brigitte Sandberg

Antoine und seine Geschwister

.

Bibliografische Information der Deutschen
Nationalbibliothek: Die Deutsche
Nationalbibliothek verzeichnet diese Publikation
in der Deutschen Nationalbibliografie; detaillierte
bibliografische Daten sind im Internet über
dnb.dnb.de abrufbar.

Malerei und Umschlaggestaltung:
Brigitte Sandberg

Herstellung und Verlag: BoD – Books on
Demand, Norderstedt

ISBN: 9 783 750 481 589

Aber der Sohn erkennt seine Mutter nicht,
Der Enkel wendet sich weinend ab,
Und die Köpfe neigen sich noch tiefer,
Der Mond schwankt wie eine Schaukel,
Und ja, welch Stille senkt sich,
Heute auf das besetzte Paris.

„Mais le fils ne reconnaît pas sa mère,
Le petit-fils se détourne en pleurant,
Et les têtes s'inclinent plus bas,
La lune oscillent comme un balancier,
Eh bien, voilà quel silence s'abat,
Aujourd'hui sur Paris coccupée"

(Le Monde Dossier 13.12.19)

Die Kapitel

über ihre Malerei,
ihren Geliebten Pierre
und ihren Bruder Phillipe

sowie 9 Halluzinationen

(1 Kleines, weinendes Mädchen / 2 Frida Kahlo mit kurzen Haaren und in Männerhosen/ 3 Frida Kahlo mit Korsett und weißem Unterkleid/ 4 Alte Hexe mit vergiftetem Apfel/ 5 Frau mit roten Rosen / 6 Die Verwandlung in eine Ziege und zurück / 7 Pierre als Pappfigur und als doppelter Guru / 8 Dalai Lama / 9 Verzweifelte, alte Frau / 10 Der Kreislauf von Leben und Tod

Sie waren sie sieben Geschwister, drei Brüder und vier Schwestern, die untereinander keinen engen Kontakt pflegten, aber doch durch die noch lebende, über 90-jährige, im Alter fast erblindete, Mutter und Antoineverbunden waren.

George

Der Älteste der Geschwister, George, trug gerne seinen dunkelblauen Trenchcoat, auf dem sich viel Staub abgelagert hatte, er ging ihm bis zur Mitte seiner Oberschenkel. George war ein hoch gewachsener Mann, dessen Rücken einen kleinen

Buckel aufwies. Der Kragen seines Trenchcoats war hochgeschlagen, er trug eine Schirmmütze, so dass von seinem Kopf nicht allzu viel zu sehen war. Die Kappe verdeckte seine Stirn, hielt die Augen im Dunkeln, die einen stechenden Blick hatten. Wie Adleraugen inspizierten sie neugierig ihr Objekt. Es ging ein Lichtstrahl von ihnen aus, der das Objekt wie mit einer Taschenlampe unter die Lupe nahm, ohne dass die betroffene Person davon etwas ahnte. Der Strahl funktionierte wie ein Schlauch, durch den das Auge das Besehene, Teile des Gesehenen, die Gesehenen heranzoomte, magnetisch ansog. Bei ihm angelangt, sezierte er alles, um es dann nach seinem Geschmack zu einem Ganzen neu zusammenzusetzen. Er erschuf die Menschen, die ihm ein Gegenüber waren, neu, in seinem Sinne, sie verloren ihre spezifischen Eigenschaften, die er durch seine eigenen oder erfundenen ersetzte.

Es nahm also nicht Wunder, wenn das allerhand Probleme in einer Beziehung mit sich brachte, abgesehen von seinem fortwährenden Pfeifenrauchen auf der Straße als auch in Gebäuden. Wie auch sollte es problemlos abgehen, da er nicht besonders willens war, sich verbal auszutauschen. Man sah ihn beständig zu seinem Smartphone greifen, etwas eintippen, und wenn man ihm zufällig über die Schulter blickte, einen Smiley suchen. Er verteilte diese kleinen Gefühlsträger großzügig. Sie drückten etwas aus, waren aber doch nicht wirklich beteiligt, so war es ihm recht, etwas auszudrücken, ohne wirklich beteiligt zu sein. Er blieb immer vage. Es konnte dies und auch das bedeuten, wenn er etwas preisgab, und es war ein Preisgeben, denn eigentlich wollte er gar nichts von sich offenbaren, für andere einsehbar machen, da er die anderen gierig und ungeheuerlich wähnte. Die Menschen, die mit ihm Kontakt hatten, mussten alles interpretieren, da konnten sie auch gerne mal daneben liegen. Aber er weigerte sich ganz einfach, präzise zu sein, was die Gegenwart anging genauso wie die Vergangenheit und Zukunft. Wo lebte dieser Mensch, in welcher Zeit?

Er lebte in einer bestimmten Zeit, natürlich, er ging auf die siebzig zu, aber es war ihm vor allem, und es sei nochmals gesagt, vor allem wichtig, dass es ihm gut ging, dass er es bequem hatte, dass es gemütlich war, dass es schön war, dass er unbehelligt blieb von Grausamkeiten, die immer mehr wurden in einer Zeit der politischen, gesellschaftlichen und persönlichen Rohheiten, Verlogenheiten und Ausbeutungen. Er machte da mit, keine Frage, wenn das nicht bedeutete, aufzufliegen. Aber in seinem staubigen, dunklen Trenchcoat mit hoch gestelltem Kragen, seiner Schirmmütze, seinem Gesicht, das von einer Rauchwolke, die seine Pfeife unentwegt ausstieß, durch sie verschleiert wurde, war der Schweiger gut getarnt.

Er konnte in jeder Zeit leben, gelebt haben, denn in jeder Zeit gab es Menschen, denen es vor allem daran gelegen war, dass es ihnen gut ging. Das Wohlleben, die Gemütlichkeit, die Wellness, die Schönheitsoperationen, das ungetrübte Leben im Wohlstand waren von allergrößter Wichtigkeit. Um solch ein gepolstertes Leben führen zu können, wurde mancherlei Opfer gebracht. Es wurden sogar Mitmenschen, die einem das Wohlergehen neideten, geopfert, sie wurden umgebracht, wenn nötig, obwohl das hauptsächlich die Art und Weise der von Machtverlust bedrohten Menschen in höchsten Ämtern war, aber auch die kleineren Positionsträger strebten nach einem guten Leben und gingen gegebenenfalls über Leichen. War dieser Tote, diese Tote nicht selbst schuld an seiner, ihrer Lage? Warum hatten sie es dahin gebracht und sich geweigert, ein gepolstertes Leben vor allem anderen zu erstreben und mit

9

allen Mitteln ohne Rücksicht auf Verluste durchzusetzen? Weshalb sie auf niederen Stufen stehengeblieben waren und das weitere Leben als Obdachloser, als Obdachlose in der Gosse verbrachten, weil sie sich zu fein dafür waren, rücksichtslos ihre Ziele zu verfolgen und über Leichen zu gehen wie der Volksmund sagte. Niemand sollte so blöde sein und nicht mit allen Mitteln um seinen Vorteil kämpfen.

Aber auch die Gesättigten waren eines Tages dran und würden tot daliegen. Das wusste auch der fast 70-Jährige George, weshalb er das Wohlleben steigerte, so gut er nur konnte.

Des Öfteren sah man ihn mit einer Tasche, die einer Sport- oder Reisetasche glich, fortgehen. Ein feinsinniges Lächeln auf den Lippen, dass auf eine Vorfreude hindeutete, denn zu seinem gesteigerten Wohlbefinden gehörte unter allen Umständen auch das Vergnügen, das ihm am intensivsten schien, wenn er es geheim hielt, deshalb traf er sich mit der Dame in einem Stundenhotel, was schon vorher ein deliziöses Prickeln in seinem Körper, insbesondere seinem Kleinen, auslöste.

Seine Geliebte, dessen Namen er nicht kannte und auch nicht zu wissen begehrte, war schon da und saß in Höschen und Röckchen und ohne Büstenhalter auf dem Bett, bereit hineinzuspringen oder vorher noch, wenn er es begehrte, an seinem Kleinen Gutes zu tun, was sein Prickeln bis zur Lust steigerte.

Es war nur eine Touristin, auf diese Spezies hatte er sich trainiert, denn das schien ihm am Unverfänglichsten. Aus den Augen aus dem Sinn. So war es gut, denn er wollte seine geschätzte Unabhängigkeit, die zu seinem Wohlbefinden gehörte, da sie ihn tun und machen ließ, was er wollte, nicht verlieren. Es gab immer neue Touristinnen in der Stadt, denn es war eine von den beliebten Städten in der Welt. Er meinte sogar, dass er über die verschiedenen Touristinnen aus den unterschiedlichsten Ländern die Länder selbst kennen lernte, sogar das Innerste dieser Länder, und besser als jeder andere. Außerdem waren die Touristinnen, jedenfalls die, die er kennen lernte, nicht sehr anspruchsvoll, denn sie wollten sich vor allem amüsieren, das gehörte zu ihrem Wohlfühlprogramm, denn sie hatten das Bedürfnis, im Urlaub mal so richtig im Bett über die Strenge zu schlagen, das machte auch ihnen Vergnügen. Man glaubte es ja gar nicht, sogar die Prüdesten wachten auf.

Aus der Tasche, die er im Bad abstellte, holte er neben einer rosa Toilettenrolle, die dazu gedacht war, sein Sperma abzuwischen, die beiden Handtücher heraus, ein kleines und ein großes, denn es wurde vorher und nachher geduscht, da er den Handtüchern und dem Toilettenpapier des Hotels nicht traute, wer wusste denn schon, wer sie alles benutzt, angefasst und Spuren hinterlassen hatte. Außerdem brachte er jedes Mal flüssige Seife mit, damit auch sein Kleiner vorher und nachher durch gründliche Reinigung Krankheiten entging, man wusste ja nicht, was die Touristinnen so alles aus ihren Heimatländern mitbrachten und daließen, wogegen eventuell auch keine Präservative schützten, die er aus Selbstschutz so gut wie immer mitbrachte und benutzte. Den Frauen war ja nicht zu trauen, sie waren so impulsiv, dachten nicht nach, lebten von der Hand in den Mund, so abhängig waren sie von dem Vergnügen, das sie bekamen, sie freuten sich darauf wie Kinder zu Weihnachten. Wie den Weihnachtsbaum, so bewunderten sie auch entzückt seinen Kleinen. Manche waren wild und besessen, andere öffneten ihre Beine nur zu dem aller geringsten Maße, weil sie auch sonst eine steife Figur im Leben abgaben. Er nahm es so, wie es sich ihm darbot, denn er kam immer auf seine

Kosten, was die Touristinnen allerdings nicht sagen konnten, denn sie mogelten und sagten, es hätte auch ihnen Freude bereitet. Aber insgeheim begnügten sie sich damit, einen nackten Mann umarmt zu halten, das war schon was, natürlich nicht für alle, sogar war es nur für die wenigstens so. Es tat ihm auch immer wieder sehr leid, wenn er zu früh kam, sogar sehr früh. Manchmal erregte ihn der Anblick der weiblichen Scham und der geöffneten Vagina schon so sehr, dass er gar nicht erst eindringen musste, um zu ejakulieren. Das gefiel ihm selbst auch nicht, denn am liebsten war ihm auf jeden Fall die Penetration, aber sein Kleiner machte da nicht immer mit. In dem Moment, wo es endlich losgehen sollte, er steif genug war, um einzudringen, ließ er plötzlich nach und erschlaffte. Doch meistens erweckten ihn die Damen wieder, indem sie ihn in ihrem Mund umspielten und genüsslich ein- und ausführten, so dass sich nicht selten ihr Mund mit Sperma füllte. Manche Touristinnen schluckten es begeistert hinunter, andere spuckten es aus. Ihm war es recht. Er versuchte, sich zu revanchieren und wedelte mit seiner Zunge ihre Kleinen hin und her, manchmal schnell, manchmal langsam, immer so wie es ihnen Lust versprach, aber das war nicht immer vorauszusagen. Manchmal wehrte sich auch eine Kleine und zuckte bei der Berührung zusammen oder die Vagina verkrampfte sich, wenn er eindringen wollte. Er war Gentleman und ließ sofort los, denn er wollte auf keinen Fall einer der liebenswürdigen Touristinnen ein Leid zufügen. Es war jedes Mal ein unberechenbares Spiel für beide Seiten, was einen zusätzlichen Reiz auf ihn ausübte.

Gewiss, er hätte vielleicht auch wie es üblich geworden war, seine Schönen in einem Internetportal finden können, es gab ja schon Anbieter, die darauf spezialisiert waren, geheime Dates von Verheirateten zu arrangieren oder für Leute, die strengste Geheimhaltung benötigten.

Aber ihm war es lieber, sich so inmitten der Stadt zu finden, zufällig, durch das freie, sparsame Spiel der unmissverständlichen Gesten.

Er hatte noch ein weiteres, ganz anders geartetes Hobby. Er stand jeden Morgen früh auf, um Vögel zu beobachten, er nahm sogar ihr Gezwitscher auf und stellte sich vor, was dessen Inhalt sein mochte. Am liebsten war ihm das Rotkehlchen und die Blaumeise, was an ihren Farben lag, die er bevorzugte, eine kalte und eine warme Farbe. Aber er hörte allen Vögeln gerne zu, fühlte sich nahezu befriedigt von ihrem Gezwitscher, das er mit sich forttrug. Er überlegte auch immer mal wieder, ob er sich nicht einen Vogel für zu Hause anschaffen sollte, kam aber zu dem Schluss, dass das nicht dasselbe Wunder war, welches er in der freien Natur erlebte.

Er war in seinem Berufsleben als Sachbearbeiter beim Finanzamt tätig gewesen, hatte sein eigenes Bürozimmer, dessen Fenster immer offenstand, damit er die Vögel hören konnte, wenn auch nicht sehen oder nur flüchtig. Es störte ihn kein Publikumsverkehr wie es bei anderen Sachbearbeitern der Fall war, die für Beratungen zuständig waren. Damit musste er sich nicht plagen, nur mit den Zahlenkolonnen, die er durchforstete, um Gefährliches zu entdecken, Betrug und Hinterhältigkeit. Deshalb hatte er immer ein bisschen Angst vor den Zahlen, die einem das Fürchten lehren konnten. Wenn es schlimm kam, nahm er seine Schirmmütze, seinen Mantel und schloss leise die Tür. Er musste sich keine Sorgen machen, er konnte nacharbeiten, wenn er alles verdaut hatte, die Krise überwunden, dass er jemanden überführen musste, was ihm zutiefst unangenehm war, wie jeder Handschlag, den er tätigen musste, wenn ihm eine Hand ausgestreckt wurde. Ja, er kam tatsächlich manchmal ins Schwitzen, das bewirkten die Zahlen, so viel Macht hatten sie über ihn, das fand er gefährlich, dieses Mal für sich selbst, denn es passierte, dass ihm vor lauter Zahlen im Kopf schwindelig geworden war und die Kollegen den Notarzt riefen, weil sie nicht wussten, wieso er so durchdrehte, sich vor lauter Schwindel an den Wänden festhielt. Schon abends war er jedoch wieder entlassen und trat am nächsten Morgen zur Verwunderung aller seinen Dienst an, denn, wie er sie aufklärte, hatte das linke Gleichgewicht des linken Innenohrs ausgesetzt und den Schwindel verursacht. Kein Grund zur Unruhe, denn, so hatte ihm der Arzt versichert, das würde sich von selbst wieder legen, bis dahin übernehme das rechte Ohr für das linke die Arbeit mit. Ob er vielleicht überlastetet gewesen, ihm schwindelig von den Zahlenkolonnen geworden sei, denn der Arzt hatte ihn nach seiner Tätigkeit gefragt und war so auf die mögliche Ursache gestoßen. Er sollte auf Anraten des Ohrenarztes wirklich einmal für längere Zeit ausspannen. Das war aber nicht nötig, denn der Vorfall war kurz vor seiner Pensionierung passiert. Es rührte ihn dann doch, als die Kollegen und Kolleginnen ihm ein Abschiedsgeschenk machten, denn er war trotz seiner Zurückgezogenheit, ja fast Unsichtbarkeit, ein geschätzter Kollege, da er immer anwesend war, wenn auch hinter verschlossener Bürozimmertür, die bei den anderen meistens aufstand, weil sie bei offener Tür auch gerne ein Schwätzchen hielten, wenn kein Publikumsverkehr war. Obwohl er keine Vögel im Käfig mochte, war er sichtlich berührt, dass man ihm einen Wellensittich schenkte, der auch gleich fröhlich piepsend ihn begrüßte, woraufhin er sich ein feines Lächeln nicht verkneifen konnte, und die Kollegenschar um ihn herum auf Anhieb klatschte.

Er dachte wenig an seine Mutter, auch jetzt nicht, da er in Rente war und Zeit gehabt hätte. Es war beruhigend, dass sein Bruder Antoine ihm die Arbeit mit der Mutter abnahm. Sollte sie ihn deshalb enterben, würde es ihm nicht leidtun, denn er hatte ein gutes Auskommen.

Wenn er an früher dachte, als sie noch eine Familie waren, wurde ihm sowieso schwindelig und ihm schien die Herkunftsfamilie der wahre Grund für seinen Schwindel, der entgegen der Hoffnung, die ihm der Arzt gemacht hatte, abermals aufgetreten war.

Seine Mutter hatte ihn mit Gleichgültigkeit geboren, schämte sich nicht, dieses auch noch verlautbaren zu lassen. Als er damals, des bewussten Denkens gerade mächtig geworden, darüber nachgedacht hatte, kam es ihm so vor, dass sie ihre Kinder nur gebar, um ihrer Rolle als Frau, die ihr die Gesellschaft, wie auch allen anderen Frauen, auferlegt hatte, nachzukommen, und sie ließ es ihn büßen, denn es gab von Anfang an eine Feindschaft zwischen ihnen, zumindest aber eine Feindseligkeit. Insbesondere fiel ihm das auf, als er beobachten konnte, wie sein nach ihm geborener Bruder Antoine versorgt wurde. Ihm gegenüber legte sie Zuneigung an den Tag, indem sie diesem über die Wange streichelte. Was für eine Geste! Wie sehr sehnte er sich nach ihrer Zuneigung in der ersten Zeit, dann jedoch verbitterte er und kerkerte sich ein, ließ seinen feindseligen Gefühlen freien Lauf.

Er vermutete sogar, dass dieser bevorzugte Bruder das Kind eines anderen sei, er wüsste auch schon von wem. Häufig, sehr häufig nämlich wurden sie von einem der Freunde des Vaters besucht, der schon mit zur Familie gehörte, dann jedoch plötzlich fernblieb, denn er hatte zwischen seinen Eltern für Unruhe, sogar Zwist gesorgt. Die Mutter war, wenngleich das Jahre später war, als schon alle Kinder auf der Welt waren, in die Stadt gefahren, in der der Freund des Vaters lebte. Aber er gab zu, dass das auch andere Gründe gehabt haben konnte, vielleicht war es sogar eine ganz andere Stadt, und der Grund mochte unter Umständen gewesen sein, dass der Vater sie erneut geschwängert hatte und sie vielleicht einen Schwangerschaftsabbruch geplant und vollzogen hatte.

Seine Eifersucht auf seinen Bruder Antoine legte sich mit den Jahren. Als er seinen eigenen Weg gefunden hatte, vergaß er sie sogar und auch ihn weitestgehend.

Antoine

Antoine, der nur um ein Jahr jünger war als George, war wesentlich offener. Er machte kein Geheimnis aus seinem Leben, so schien es jedenfalls. Er hatte eine Familie gegründet, wenngleich keine Kinder gezeugt, da seine Partnerin Monique drei an der Zahl mitbrachte und keine Kinder mehr gebären wollte. Denn sie war schon vierzig, als sie sich kennenlernten, ein unter Umständen schwieriges Alter, um noch Kinder in die Welt zu setzten. Antoine war dreißig, wollte nie eigene Kinder und hatte sogar deswegen eine Trennung hinter sich, weil seine Partnerin auf jeden Fall Kinder wünschte. Er ließ er sich auf eine Beziehung mit Monique ein, sie hatte ihm gesagt, dass sie bei einer Wahrsagerin gewesen sei und sie in Antoine den Mann erkannt hätte, der ihr bestimmt sei. Das war in der Not von ihr frei erfunden, aber sie dachte sich, dass das seine Wirkung tun würde. Und damit hatte sie sich bei dem schicksalsgläubigen Antoine ja auch nicht getäuscht. Ihr Mann hatte Ehebruch begangen, daher hatte sie ihn mit den Kindern kurzerhand verlassen. Der schicksalsgläubige Antoine und die resolute Monique schlossen den Bund fürs Leben, auch wenn es nicht die große Liebe war, aber er fühlte sich bei der dominanten und mütterlich geprägten Frau sicher und ließ es sich zwischen ihren üppigen Brüsten wohl ergehen, denn auch er war wie sein älterer Bruder George dem Vergnügen zugeneigt, und sie hatte nichts dagegen, da sie ihm schon keine Kinder mehr gebären wollte. Ihr sexuelles Leben verlief in konventionellen Bahnen, aber stetig und regelmäßig, was ihm genügte. Sogar, als sie mit siebzig beschloss, dass nun Schluss sei damit, denn es machten sich die 10 Jahre Altersunterschied mit dem Älterwerden mehr und mehr bemerkbar, sagte er keinen Ton, versuchte nicht, sie umzustimmen. Sie erklärte ihm ohne Umschweife, dass alte Wunden wieder aufgebrochen wären, ihr bei der Penetration alte Narben wieder wehtaten, die zugenähten Dammschnitte nach ihren drei Geburten. Antoine war sehr erschreckt, wollte ihr natürlich nicht wehtun und nahm ihr Angebot an, das besser als gar nichts war, für jemanden, der mit 60 noch jung war und nach wie vor Lust verspürte. Sie selbst wollte nicht mehr beglückt, berührt werden, jedoch wollte sie ihm gerne mit ihrer Hand zu seinem Orgasmus verhelfen, das geschah über einige Jahre, auch schliefen sie weiterhin in dem gemeinsamen Bett, nur die Matratze wurde ausgewechselt. Sie hielten aber nach und nach mehr Abstand, denn eines Tages wollte sie ihn nicht mehr befriedigen. Hingegen blieb alles andere wie sonst. Sie gingen zusammen ins Bett, nachdem sie das Fernsehprogramm zusammen gesehen und er im Bad masturbiert hatte. Er schickte sich hinein, schätzte sich sogar noch mehr oder minder glücklich, denn sein alter Freund aus Kindheitstagen erzählte ihm, dass er gar keine Lust mehr verspürte und jüngst mit einer liebenswürdigen Frau ins Bett gegangen war, aber dann sei nichts passiert, sie hätten nur nebeneinander gelegen und seien so eingeschlafen, weil er im Gegensatz zu der jüngeren Frau, die gerne gewollt hätte, keinen Antrieb verspürt hätte, noch nicht mal einen Anflug von Lust. Das war bei ihm anders. Er ließ seiner Lust im Badezimmer freien Lauf, vor allem, wenn er sich seine Fotos angesehen hatte, die er klammheimlich in der Öffentlichkeit von delikaten Dekolletés aufgenommen hatte, von gespreizten Beinen unter kurzen Röcken, von Brustwarzen, die sich unter den T-Shirts abdrückten, von offenen, lachenden Mündern… Davon abgesehen, führten sie ein vielfältiges, soziales Leben, wurden viel eingeladen und luden ein, machten mit Freunden Tagesausflüge, besuchten andere Städte, nicht zuletzt kamen ihre Kinder und Enkelkinder oft auf Besuch, so gut wie gar nicht seine Geschwister. Natürlich fehlte auch Urlaub in Venedig nicht, in Spanien, auf Teneriffa usw. und oft fuhren sie auch an den Strand, wo er ausgiebig schwamm und anschließend, wenn Monique ins Wasser gegangen war und er auf ihre Sachen aufpasste, wie sie zuvor auf seine, im Verborgenen Aufnahmen von den Badenden machte, die sich nach dem Schwimmen sonnten, und unter ihrem Augenschutz nichts davon mitbekamen, wenn er mit seinem Smartphone ein Video drehte.

Manchmal dachte er an Trennung, um seine Lust mit einer Jüngeren auszuleben, aber ihr gemeinsames Leben lief bis auf das eingestellte Liebesleben so komfortabel wie jeher, daher erschien es ihm sinnlos, seine betagte Partnerin für eine jüngere zu verlassen, denn er würde ja nicht wissen, was ihn da erwartete, die Jüngere würde ihn vielleicht bald ihrerseits verlassen, dann stünde er alleine da, das wollte er auf gar keinen Fall, obwohl er sich für ausgesprochen unabhängig hielt. Es blieb alles wie es war, zumal Monique ihn auch finanziell brauchte, jedenfalls, wenn sie den Lebensstandard nach der Trennung fortführen wollte. Sie wohnte mietfrei, bezahlte allerdings die Lebensmittel.

Antoine fand auch Befriedigung in seinem Alltag als Rentner, indem er sich, meistens morgens, um seine alte Mutter kümmerte, in deren Haus es immer etwas zu reparieren gab, er sorgte für ihr Essen, brachte sie zum Kontrolltermin beim Augenarzt und dergleichen.

Außerdem verlangte der Gebäudekomplex, in dem er selbst wohnte, viele Kontrollgänge und Reparaturen. Er machte das als ehrenamtlicher Hausmeister, aber doch nur für ein paar Jahre, dann, so hatte er der Eigentümer Gemeinschaft gesagt, sei Schluss. Er reagierte auch auf die vielen Anrufe aus dem Gebäude, wenn er helfen konnte, tat er es. Er hatte mitunter so viel zu tun, dass er seinem Hobby Jazzmusik zu hören, kaum mehr nachging, sondern Borokov und Thomas Stanko im CD Schrank verstauben ließ, weshalb er auch zuweilen vor dem Fernseher einschlief und von seiner Partnerin geweckt wurde, wenn es Zeit war, ins Bett zu gehen, so dass er nicht einmal zu seinem Vergnügen im Bad kam. Aber dafür nahm er sich dann am Tage umso mehr Zeit, wenn sie etwa beim Sport war oder ihre Einkäufe tätigte. Sie hatten beide zu allem viel Zeit, denn ihrer beider Berufsleben war vorbei. Während sie Hüte verkaufte, hatte er auf Hochzeiten fotografiert, auf Taufen und vielen anderen Festen. Er war selbstständig gewesen und reiste viel herum, denn er ließ sich für alle erdenklichen Anlässe buchen. Er liebte diesen Beruf nicht sonderlich, es war immer dasselbe, immer dieselben Motive, immer dieselben Versuche, ungezwungen zu lächeln, so zu tun als ob, da überraschte ihn nichts mehr. Nun, da sein offizielles Fotografenleben vorbei war, griff er tatsächlich gerne zu seinem Smartphone und fotografierte, abgesehen von den intimen Bildern, gerne die Natur, wie sie wogte, stürmte und friedvolle Landschaften, Seen, Berge, alles, was ihm schön erschien, das konnte auch das Hässliche sein, das gehörte mit zur Natur.

Antoine hatte nicht nur eine ausgeprägte soziale Ader, sondern auch eine in sich gekehrte, verschwiegene Seite. Es hatte manchmal geradezu den Anschein, als sei er bockig, wenn er nicht reagierte. Er stellte sich einfach stumm und schwerhörig, brachte keine Silbe heraus, wandte sich einfach ab und brüskierte so den Frager oder die Fragerin. Seine periodisch wiederkehrende Schweigsamkeit mutete, wenn sie dauerte, wie eine Depression an, denn er war in diesen mal kurzen mal längeren Phasen nicht nur nicht ansprechbar, sondern auch inaktiv, bis auf die Erledigung der aller notwendigsten Dinge wie etwa seiner hilflosen Mutter die Fürsorge, auf die sie sich verließ, angedeihen zu lassen. Um seine Mutter kümmerten sich noch professionelle Kräfte und seine Schwester, die meistens den Nachmittag bei der Mutter verbrachte. Eine Pflegerin kam jeden Morgen und jeden Abend, um sie zu waschen und anzuziehen bzw. auszuziehen, regelmäßig kam auch eine Haushaltshilfe, die u.a. das Putzen übernahm. Das kostete, war aber doch alles in allem günstiger, als sie, die er von jeher Mama nannte und das beibehielt, in einem Altersheim unterzubringen. Durchgerechnet hatten die Geschwister es, sie waren zu dem Schluss gekommen, es so zu lassen, denn es lief, abgesehen von den geringeren Kosten, auch gut. Ihre Mutter wollte sowieso nicht ins Altersheim, sie hatte hier in ihrem Haus über fünfzig Jahre gelebt und sie war, wenn auch fast blind, geistig noch auf der Höhe und setzte ihren Willen durch. Obwohl sie den ganzen Tag in ihrem Sessel verbrachte, denn sie wollte nicht im Rollstuhl spazieren gefahren werden, schien sie guter Dinge, was kein Wunder war, denn morgens hatte sie den Sohn um sich, nachmittags die Tochter und für die Hausarbeiten, das Essen, die Körperpflege und andere Hilflosigkeiten war gut gesorgt. Es war in gewisser Weise ein rundum Wohlfühlpaket, mit dem sie zufrieden war und deshalb gerne am Leben festhielt.

Wenn Antoine in eine Depression abrutschte, schaffte er es dennoch, seinen Anteil an ihrem Wohlbefinden zu erledigen. Zu stark war sein familiäres Pflichtgefühl, wovon sich die anderen Geschwister weitestgehend ohne Skrupel frei gemacht hatten, es war ihre Revanche, ungeliebt geblieben zu sein.

Antidepressiva halfen Antoine, die er gegen die ihn niederdrückenden Gefühle einnahm, sobald er sie spürte.

Marie-Louise
Marie-Louise und die Mutter
Marie-Louise

Marie Louise, jene Schwester Antoines, die seit ihrer Berentung - wenn man davon sprechen konnte, denn sie war selbstständig gewesen und ging ihrer Tätigkeit immer noch ab und an nach - , ihre Nachmittage meistens bei der Mutter verbrachte, war nicht glücklich darüber, aber hatte sich bereit erklärt, nachdem die anderen Geschwister sich beharrlich entzogen.

Marie-Louise hatte die Angewohnheit, zur Freude der Mutter, mit ihr über die Fotos von früher zu sprechen, die sich in mehreren Fotoalben befanden. Eines Tages fand sie hinter einem Foto ein anderes, denn es war mit einer Ecke unter dem oberen herausgerutscht. Sie zog es vorsichtig heraus und erschrak, als sie die Mutter, die noch den Krieg erlebt hatte, mit geschorenen Haaren in einer kleinen Gruppe von anderen Frauen sah, die durch die Straßen der Stadt getrieben wurden unter dem Spott der Leute, die aus den Fenstern und vom Bürgersteig aus zuschauten, von denen manche sogar mit Steinen warfen, weshalb die Mutter ihre Hand schützend vor ihren Kopf hielt. Die Mutter hatte diese Zeit nie erwähnt. Sie wollte spontan der Mutter dieses Foto vor Augen halten, doch ja natürlich, sie war ja blind geworden, deshalb beschrieb sie ihr das Foto. Die Mutter wies sie mit ihrer Beschreibung entschieden zurück. Nein, das war nicht sie, sondern wie ihre Mutter jetzt berichtete, ihre Zwillingsschwester Renée, die von einem Besatzer mit 14 Jahren vergewaltigt worden war, und dessen nicht genug, regte sich die Mutter auf, darüber hinaus von der Familie für Fleisch und andere Nahrungsmittel geopfert wurde, welches der Besatzer ihnen als Gegenleistung brachte, solange er Renée missbrauchen konnte.

Marie-Louise war mehr als irritiert und wusste nicht, ob sie der Mutter Glauben schenken sollte. Die Zwillingsschwester der Mutter, ihre Tante, lebte inzwischen weit weg in einem Altersheim und war nicht mehr auf alles ansprechbar. Sie müsste wohl bald in ein Pflegeheim, denn ihre Demenz schritt mit jedem Tag weiter voran und ließ sie ihr gelebtes Leben nach und nach vergessen. Sie wurde auch so gut wie gar nicht besucht, nur ihr Bruder Antoine, der sich morgens um die Mutter kümmerte, fuhr einmal im Jahr für eine Woche in ihr Haus und erledigte ihre Bankangelegenheiten sowie vieles andere und besuchte sie im Heim. Aber sonst war sie von allen vergessen, und sie selbst vergaß auch alle. Manchmal erkannte sie Antoine, ein anderes Mal nicht. Marie-Louise war unschlüssig, ob sie sich aufmachen sollte, die Tante zu besuchen, um ihr das Foto zu zeigen und zu erfahren, was sie dazu zu sagen hätte.

Sie blätterte in dem Fotoalbum und betrachtete die Fotos, auf welchen die Zwillingsschwestern zusammen zu sehen waren. Waren sie sich wirklich ununterscheidbar? Fand sie nicht irgendein Merkmal, das die eine hatte und die andere nicht? Da fiel es ihr ein, natürlich, die Hand der Mutter hatte schon immer nur einen halben kleinen Finger, sie hatte es auf dem Foto sogar genau sehen können, weil die Mutter schützend ihre Hand vor den Kopf hielt, um ihn vor den Steinen, mit denen sie beworfen wurde, zu schützen.

Sie beruhigte einstweilen ihre Mutter, die durch das Foto aufgebracht war. Sie stellte auch vorerst nicht die Frage, warum sie mit ihrer Schwester zeitlebens nur oberflächlichen Kontakt pflegte? Eines war jetzt klar, die Mutter log, denn sie war es selbst auf dem Foto, das sie mit geschorenen Haaren zeigte, an der im Alter von 14 Jahren das Verbrechen begangen wurde. Konnte es dann nicht sein, dass ihre besondere Feindseligkeit gegenüber George, dem Erstgeborenen, die allen Familienmitgliedern auffiel, darin begründet lag? Vielleicht war der Vater von George der Vergewaltiger und am Ende des Krieges, als die Mutter 16 Jahre alt war, gezeugt wurde? Die Mutter hatte außergewöhnlich früh geheiratet, nämlich schon ein paar Monate nach Kriegsende. Konnte ihr viel älterer Ehemann vielleicht die Lösung aus der Not gewesen sein? Denn eine Liebesheirat schien es nicht gewesen zu sein, ihr Umgang miteinander war eher neutral zu nennen, wenn sie es sich jetzt vor Augen hielt.

Vielleicht war er sich seiner Retterfunktion bewusst und hatte Gründe, sie zu heiraten, z.B. wegen ihrer Erbschaft, die ihr in Aussicht stand, sobald ihre Eltern ableben würden. Die Mutter würde auf all ihre Fragen, wenn sie sie stellen würde, nicht wahrheitsgemäß antworten, um sich nicht um ihre Ruhe bringen zu lassen, die sie, wenn auch an den Sessel gefesselt, immer noch genoss. Zumal bei all der Fürsorge für sie, die aber vielleicht auch getätigt wurde, weil auch ihnen, den Kindern, eine üppige Erbschaft zu Teil werden würde, natürlich nicht den Abtrünnigen, die nur ihr Pflichtteil erwarten konnten, da sie sich niemals blicken ließen und sich abschotteten wie George. Dass sie sie gar nicht hatte sehen wollen, änderte nichts.

George sprach inzwischen mit dem fröhlichen Vogel im Käfig, dem Wellensittich, wie mit einem Partner oder einer Partnerin, ließen die Nachbarn wissen. Marie-Louise hatte ihn einmal besuchen wollen, aber er machte nicht auf, als sie vor seiner Tür stand und klingelte. Da hatte sich eine Nachbarstür geöffnet, die Nachbarin flüsterte, dass er sich zu einem seltsamen Kauz entwickelt hätte und jeglichen Kontakten aus dem Wege ging. Seitdem er in Rente gegangen war, hätte er sich regelrecht eingekerkert, so dass man sich im Haus schon beunruhigte.

Als Marie-Louise die Mutter fragte, wann das mit ihrem Finger passiert war, erzählte diese, dass das aus Kindheitstagen herrühre. Sie hätte es selbst verschuldet, weil sie nicht auf das Verbot des Vaters gehört hätte, sondern auf einen Hocker gestiegen sei und an seiner Werkbank herumgespielt habe. Man hätte den Finger vielleicht annähen können, sagte sie, aber das wollte sie nicht, im Gegenteil, sie freute sich, dass sie sich von Renée endlich unterschied und alle wussten, mit wem sie es zu tun hatten.

Marie-Louise erwiderte nichts, sondern dachte bei sich, dass die Mutter doch Schweres erlitten hatte, dass sie sich mit ihren Lügen über Wasser gehalten habe, sich mit ihren Lügen ein anderes Leben ohne traumatische Erfahrungen vorgegaukelt habe, sie hatte es einfach ihrer Zwillingsschwester in die Schuhe geschoben. Vielleicht war das der Grund, warum sie keinen Kontakt mit dieser pflegte, damit nicht doch per Zufall ihre Lügen aufgedeckt wurden.

Während Marie-Louise schwieg, dachte sie daran, dass sich die Eltern ihrer Mutter schuldig gemacht hatten. In ihr Schweigen setzte ihre Mutter zu ihrem Erstaunen zu einigen Ausführungen an, vielleicht erleichterte sie damit ihr Herz, allerdings log sie weiter und sprach von ihrer Zwillingsschwester Renée, der alles zugestoßen sei, obwohl sie selbst es war, die missbraucht wurde, doch Marie-Louise wusste jetzt, dass die Mutter von sich selbst sprach, von ihren eigenen traumatischen Erfahrungen.

Nach der Vergewaltigung, die sich in der Elternwohnung zutrug, und die Eltern sogar die Hilfeschreie ihrer Tochter hörten, aber nicht eingriffen, setzte vor allem der Vater ihre Zwillingsschwester (wohlgemerkt sie selbst) unter Druck, dem Verlangen des Vergewaltigers nachzugeben, sich ihm fortan zur Verfügung zu stellen, um im Gegenzug eine regelmäßige Fleisch- und Lebensmittelzufuhr zu gewährleisten. Unterstützung bekam der Vater von seinen Eltern, die mit ihnen zusammenwohnten, also den Großeltern, die so laut sie nur konnten, wiederholt davon berichteten, wie schlimm sie im 1. Weltkrieg an Hunger gelitten hätten, dass sie sogar Angst gehabt hätten, Hungers zu sterben. Insbesondere, wenn ihre Zwillingsschwester Renée (also sie selbst) zugegen war, wurden sie nicht müde, über ihre Hungersnot im Krieg zu klagen, so dass Renée (also sie selbst) nachgab, denn andernfalls hätte sie nicht gewusst, wohin mit ihren Schuldgefühlen gegenüber den Eltern und Großeltern, die Hunger litten und sich womöglich noch umgebracht.

Wenn der Besatzer kam, entfernten sie sich alle. Saßen danach aber bei Tisch und aßen schweigend das schöne Fleischgericht. Die missbrauchte Renée (sie selbst) blieb jedoch den Mahlzeiten fern, alle hörten sie während des Essens im Nebenzimmer weinen. Sie selbst (also ihre Zwillingsschwester Renée) hätte gegessen, um nicht ihre Eltern zu enttäuschen, die stolz darauf waren, die Familie in diesen schlechten Zeiten gut zu ernähren. Als Renée (sie selbst) später durch die Straßen gejagt wurde, beschimpft und mit Steinen beworfen, verschwand sie plötzlich. Ihr Vater habe sich aus Scham das Leben genommen und war nicht, wie in Familienkreisen bekannt gemacht wurde, bei einem Unfall zu Tode gekommen. Die Mutter habe sich zu Tode gegrämt. Sie selbst (also Renée) sei bis zum Schluss bei der Mutter geblieben, dann aber habe auch sie (also Renée) sich aus dem Staub gemacht.

Nach diesen unerwarteten Bekenntnissen, in denen die Mutter allerdings die furchtbaren, an ihr begangenen Verbrechen, abgespalten hatte und der Schwester aufbürdete, brach die Mutter ihre Erzählung ab und sagte, dass sie nun alleine sein wolle.

Auf dem Rückweg war Marie-Louise froh, dass es stockdunkel war, denn ihr liefen unaufhörlich die Tränen und verschleierten ihre Augen, so dass sie sich blind wie ihre Mutter fühlte. Ausgerechnet jetzt ereilte sie eine Panikattacke. Sie blieb stehen und lehnte sich vorsichtshalber an die Mauer, an die sie sich in der Dunkelheit entlang getastet hatte. Sie weinte so sehr, dass sie in die Hocke rutschte und so verharrte, um sich zu beruhigen.

Sie hatte nie gewusst, warum sie plötzlich seit ein paar Jahren von Panikattacken heimgesucht wurde, denn in ihrem Leben hatte sich nicht viel verändert, außer, dass sie inzwischen in Rente gegangen und häufig bei ihrer Mutter war. Ihr kam der Verdacht, dass ihre Angstattacken vielleicht damit zu tun haben könnten, dass sie fast jeden Nachmittag die Gegenwart ihrer Mutter hautnah erlebte und sie vielleicht   unbewusst von deren Leidensgeschichte berührt wurde, denn sie kannte sie ja vorher nicht. Konnte das wirklich möglich sein, dass die verdrängte Angst der Mutter, die diese damals spürte, auf sie übergegangen war? Verstärkt durch ihr tägliches Beisammensein, das ihr die Kehle zuschnürte?

Aber wie hatte es die Mutter geschafft, trotz allem ein   funktionierendes   Familienleben durchzusetzen.   Hatte   es   denn   wirklich funktioniert? Wenn sie sich ihre Geschwister der Reihe nach vor Augen führte, so schien doch eigentlich nur Antoine in Maßen glücklich und wusste sie, ob nicht auch er mit seinem Leid hinterm Berg hielt und ein Funktionieren vortäuschte? Ach nein, damit tat sie ihm vielleicht unrecht. Es war nur so, dass er nach allen Seiten bemüht war, den Anschein des Wohlgeordneten zu erwecken.

Sie erschrak, als sie in der Dunkelheit angesprochen wurde. Es war kein geringerer als Antoine, der sich über sie beugte. Neben ihm erkannte sie seine Frau. Sie hatten einen Abendspaziergang gemacht. Antoine bestand darauf, dass sie mit zu ihnen käme, um sich auszuruhen. Auf die Frage, was los sei, gab sie jedoch keine Antwort, auch nicht, als sie bei ihnen auf dem Sofa lag, stattdessen schlummerte sie und schlief schließlich ein. Als sie morgens aufwachte und mit ihnen gefrühstückt hatte, beharrte sie darauf, alleine nach Hause zu gehen. In der Tat sah sie ausgeruht aus. Das einzige war, dass sie ihn beim Abschied darum bat, ihre Nachmittagschicht bei der Mutter zu übernehmen, denn ein wichtiger Termin habe sich kurzfristig ergeben. Natürlich war Antoine dazu bereit, obwohl auch er unter den Extraschichten bei der Mutter zu leiden begann, denn es war nicht die erste Schicht, die er von Marie-Louise übernahm. Es hatte sich summiert, aber er fragte nicht nach, er hoffte, dass es sich von selbst wieder normalisierte.

Marie-Louises Ehemann hatte sich als maßlos eifersüchtig entpuppt und begonnen, sie zu schlagen. Es war auch ihr Selbstvertrauen und Selbstbewusstsein, das er zerschlagen wollte. Er fühlte sich von ihrer triumphalen Art aufzutreten, erniedrigt und trug den entbrannten Machtkampf mit Fäusten aus. Sein kriecherisches Verhalten kompensierte er mit seinen Fäusten, die den starken Mann markierten, ihr zeigen sollten, wer hier die Hosen im Haus anhatte.

Marie-Louise, die nach ihrer Scheidung vor zwei Jahrzehnten, mit einer Frau zusammenlebte, war erleichtert, als diese nicht anwesend war.

Sie ging an die Hausbar und schenkte sich einen Whisky ein, und da ihre Partnerin nicht da war, schenkte sie sich noch einen ein. Sie mochte es nicht, wenn man sie als Alkoholikerin bezeichnete, denn davon fühlte sie sich weit entfernt, wenngleich sie gerne ein Gläschen oder auch zwei trank und gewiss, ab und zu wurden es auch mehrere Gläser.

Sie ergriff ihre Autoschlüssel, verdrängte die Stimme, die ihr abriet, alkoholisiert Auto zu fahren. Die an ihre Vernunft appellierende Stimme war sowieso nicht sehr stark, denn auch sie war alkoholisiert worden.

Sie fuhr hinaus aufs Land, Hauptsache fahren, die menschenleeren Baumalleen entlang. Sie hatte kaum Gegenverkehr, wenn ein Auto ihr entgegenkam, warf es den Scheinwerfer an, sie wusste nicht warum. Ihrer Meinung nach fuhr sie strikt geradeaus. Ob sie zu schnell fuhr? Als sie schließlich durch ihre Tränen verschleierten Augen hindurchsah und wahrnahm, dass sie in hohem Tempo schlingerte, war es zu spät, sie prallte mit ihrem Auto gegen einen Baum und war sofort tot.

Flore

Auf dem Weg zur Beerdigung dachte Antoine an Flore, die Schwester, die schon vor dreißig Jahren gestorben war, und weil es so lange zurücklag, dachte niemand mehr an sie, auch er nicht, obwohl sie sich ihm noch kurz vor ihrem Tod anvertraut hatte.

Sie war ein ungewöhnlich schönes Mädchen, daran änderte auch ihre leichte Gehbehinderung nichts. Sie hatte den wundervollen Beruf einer Geigenbauerin erlernt und sich in einen Klienten verliebt, der des Öfteren etwas an seinen Geigen ausbessern und nachbessern ließ. Er war Konzertpianist, da mussten die Instrumente hundertprozentig stimmen, deshalb wurden sie oft überholt. Der Pianist ließ erkennen, dass auch er Feuer gefangen hatte, so dass Flore und er eine

Liebesbeziehung eingingen. Jedoch sagte er ihr nach einem Monat, dass er verheiratet sei und nicht die Absicht habe, sich von seiner Frau zu trennen, obwohl seine Ehe nicht von der Leidenschaft geprägt war wie die Beziehung zu ihr. Die unglückliche Flore wollte die Beziehung beenden, aber sie schaffte es nicht, sie steckte schon zu tief mit ihren Gefühlen drinnen. Sie liebte ihn. Doch zu ihrem Leidwesen sahen sie sich nicht allzu oft, denn er befürchtete, dass er von Nachbarn, Freunden und Bekannten zufällig gesehen werden könnte, mithin wäre seine Ehe bedroht. Flore litt vor allem auch, wenn sie daran dachte, sich vorstellte, dass ihr geliebter Paul zusammen mit seiner Frau alleine oder mit Freunden wegfuhr, sie sich mit Freunden zum Essen trafen, Familienbesuch hatten, Spaziergänge mit der ganzen Familie unternahmen, Geburtstage feierten, gemeinsam Konzerte besuchten, usf., . Flore wäre nur allzu gerne auch mit ihm spazieren gegangen, hätte nur allzu gerne mal mit ihm eine Ausstellung besucht, Vieles, das sie auch gerne mit ihm gemacht hätte, aber nicht einmal Hand in Hand spazieren gehen konnte sie mit ihm, wonach sie sich so sehr sehnte. Er hatte versprochen, darauf zu achten, ihr von seinem Privatleben zu erzählen, damit sie nicht zu sehr litt, aber er vergaß es oft und verletzte sie, wenn er spontan aus seinem gemeinsamen Leben mit seiner Frau erzählte. Flore wurde immer empfindlicher, und es begann sie bereits zu stören, wenn er sagte, dass die Enkelin zum Mittagessen käme, er hoffe, dass sie auch wirklich käme und sich nicht vom Regen abhalten lasse.

Sie wurde traurig, dass er, wenn sie darum bat, geradezu flehte, dass er ihr sagen möge, dass er sie liebe, wenigstens das, in der letzten Zeit überhaupt nicht mehr darauf reagierte. Am Anfang ihrer Beziehung sagte er ihr oft, dass er sie liebe und auch, dass er mehr als 24 Stunden am Tag an sie denke. Schon nach wenigen Monaten kam nichts mehr dergleichen, und als sie ihn fragte, ob er sie noch liebe, antwortete er: „Mit Vorbehalt und Zurückhaltung, aber ich habe immer noch Lust auf dich."

Paul verstand Flore, wenn sie sich beklagte und war jederzeit mit einer Trennung einverstanden, aber das brachte sie nicht übers Herz, wenngleich sie immer wieder Versuche unternahm, sich zu distanzieren. Ihr geliebter Pianist versuchte ihre Leidenschaftlichkeit zu bremsen, andererseits ging er immer wieder auf ihr Liebesbegehren ein, denn welcher Mann konnte einer liebestrunkenen

Frau, die so viel Liebe zu geben hatte, widerstehen? Er versank nur allzu gerne in den Tiefen ihres Geschlechts, bedeckte ihren Körper mit kleinen Küsschen und schlief an ihrer Brust ein, während sie seinen Kopf streichelte, bis er, plötzlich erwacht, aufsprang, in seine Kleidung schlüpfte und sich in Windeseile davon machte, während sie sich die Augen in den noch warmen Kissen ausweinte. Natürlich wollte er sie nicht leiden sehen und nicht leiden machen und ging deshalb jedes Mal auf ihre Trennungsvorschläge ein, jedoch kam Flore immer wieder zurück und bettelte ihn fast an, es möge zwischen ihnen weitergehen und kein Ende nehmen.

Unterdessen ließ ihre Konzentration auf der Arbeit nach, die Kunden waren nicht mehr so zufrieden mit ihren Ergebnissen wie vordem, so dass der Meister jedes Mal nacharbeiten musste. Er sagte ihr, dass es so nicht weitergehen könnte. Nein natürlich nicht. Auch ihr Geliebter hatte ihr gesagt, dass es so nicht weitergehen könnte. Und sie selbst wusste nicht, wie es weitergehen könnte. Sie vereinbarten abermals eine Funkstille, die jedoch von ihrer Seite gebrochen wurde. Flore zeigte damals Antoine ihre jüngste Korrespondenz mit ihrem geliebten Paul. Antoine erinnerte sich gut daran, denn die für seine Begriffe unerwiderte Liebe seiner Schwester besorgte ihn sehr.

Flore hatte Paul gefragt, ob sie ihm ein Weihnachtsgeschenk postlagernd schicken könnte, da sie sich lange Zeit nicht sehen würden, denn nach den Festtagen würde er eine Konzertreise antreten. Er hatte geantwortet, dass er das nicht möchte, aber es freue ihn, dass sie daran gedacht hätte.

In den Nächten fühlte sie ihn in ihrer Vorstellung sehr nah und war von seiner nackten Haut, seinem nackten Körper überwältigt, genoss ihn in der Vorstellung in ihren Armen.

Sie schickte ihm ein Foto des Rings, den sie als ihren Ehering trug, wenngleich es kein Geschenk von ihm war, aber doch hatte er nachträglich die Hälfte dazugelegt.

Sie schrieb ihm, dass sie sehr gut in seinen Armen geschlafen habe, und dass sie ihn dicht bei sich fühle.

Er antwortete ihr, dass er entzückt sei, dass sie so gut in seinen Armen geschlafen habe. Er hätte bis Mitternacht einen Film über Notre Dame de Paris gesehen und sei um 5.00 Uhr in ihren Armen erwacht. Nach seinem Morgenspaziergang würde er wieder unter ihre Bettdecke kriechen.

Sie schrieb, dass sie ihn nur allzu gerne dort empfange, und was er davon halte, wenn sie sich, da sie sich kein Geschenk schickten, ein Foto von einem Teil ihres Körpers schickten, sie von ihrer Brust. Aber dass es vielleicht keine gute Idee sei. Ob mit oder ohne Foto, sie würde ihn lieben.

Er antworte, dass er dieselbe Idee gehabt hätte und dass es keine Überraschung mehr sein werde.

Also kein „Ich liebe dich auch" wie sie insgeheim gehofft hatte.

Dann hoffte sie, dass es Sylvester kurz nach Mitternacht passierte, denn er hatte ihr versprochen, sich zu melden. Sie hatte sich vorgestellt, dass sie virtuell anstoßen würden und er ihr sagen würde: „Ich liebe dich!", aber er schrieb ihr, was sie völlig aus der Bahn warf: „Ich wünsche dir für das neue Jahr Gesundheit!" Gar kein Wort der Liebe oder ein liebevolles Wort. Sie war wirklich verzweifelt.

Antoine fiel der Film mit Karin Viard ein, „Sag, dass du mich liebst", in dem eine Radiomoderatorin ihre Mutter sucht, die sie als Kind weggegeben hatte. In ihrem Leid und in ihrer Trauer schließt sich die alleinlebende Frau allabendlich in einen Wandschrank ein, wo sie die Schallplatten ihrer Mutter hört und ihren Tränen freien Lauf lässt. Als sie ihre Mutter gefunden hat, zwingt sie diese, ihr die, ihr Leben lang vermisste, Liebesbekundung zu sagen: Ich liebe dich.

In Antoine stieg das untröstliche Gefühl auf, dass er damals empfunden hatte, als man Flores Leichnam aus dem Fluss zog.
Im Laufe der Jahre wurde sie vergessen, es wurde immer nur von fünf Geschwistern gesprochen, obwohl sie doch sechs Geschwister waren.

Marie-Louise

Zur Beerdigung von Marie-Louise kamen weder
Geschwister noch die Mutter, nur Antoine und die
Lebensgefährtin von Marie-Louise waren vor Ort.
Als diese weinte, fragte sich Antoine, ob er ihr
seinen Arm schützend und tröstend um die
Schulter legen sollte, obwohl er sie kaum kannte,
aber er wartete, bis sich ihr Schluchzen gelegt
hatte und sie mit der Urne fortging.

Antoine blieb noch eine Weile stehen und
erinnerte sich an seine Schwester, die als Kind
gerne in Hosen herumlief, wenn möglich mit
Hosenträgern. Außerdem liebte sie das Pfeifen,
was ihm als Kind imponierte. Sie hatte eine
Lieblingsmelodie, dieses Lied pfeifend trat er

seinen Weg nach Hause an, er staunte, dass er es noch vollkommen erinnerte und pfeifen konnte. Als Kind wollte er auf ihren Baum klettern, aber sie ließ es nicht zu, sie wollte ihre Eroberung nicht teilen, sie behauptete, es sei ihr Baum. Wenn er ihr durch die Felder hinterherlief, war sie schneller und drehte sich lachend um, es machte ihr Spaß, ihn hinter sich zu lassen bis er aufgab.

Marie-Louise war sehr kraftvoll, es wunderte ihn nicht, dass sie Immobilienmaklerin geworden war. Hinter dem Steuerrad eines dicken Autos reiste sie herum, um Häuser aufzukaufen und zu verkaufen. Er sah sie vor sich mit ihrem viel zu langen Schlips, den sie sich auch als Schal um den Hals wickelte und darüber lachte, wenn sie sich im Spiegel sah. Das ausgerechnet sie ein so tragisches und jähes Ende fand, ließ ihn nicht ungerührt.

Philippe

Antoine staunte über die Einladung seines Bruders Philippe, aber folgte ihr doch gerne nach all dem, was passiert war. Sie hatten sich lange nicht gesehen, deshalb erschrak er, als er seinen Bruder abgemagert und fahl im Gesicht vor sich sah. Er wusste, dass er immer ein starker Raucher gewesen war, aber dass es solcherlei Verwüstungen anrichten konnte, hatte er vergessen. Früher war der Bruder rund und eher mit weiblichen Zügen ausgestattet. Immerhin erkannte er sein Lächeln wieder. Er wurde sogleich von Marlene, der taubstummen, erwachsenen Tochter, die das Lächeln seines Bruders geerbt hatte, in die Wohnung hineingezogen. Dass ihre Muskeln beständig zitterten, was sogar vielfach in Krämpfen endete, war einer Krankheit geschuldet, mit der sie auf die

Welt gekommen war und die sich im Laufe der Jahre immer deutlicher zeigte. Marlene lebte immer noch im Hause, aus dem ihre Mutter inzwischen ausgezogen war, als diese entdeckte, dass ihr Mann, Antoines Bruder Philippe, sich hin und wieder als Frau verkleidete und spät abends ausging. Es war eine spielerische Neigung, die sie jedoch nicht tolerieren konnte, stattdessen reagierte sie gekränkt, obwohl Philippe sie liebte, wie er beteuerte und das andere eben nur eine Neigung war.

Die Tochter Marlene war eine Frohnatur und meistens ausgelassen, aber durch ihre Anfälle und dem beständigen Muskelzittern ging im Haushalt so manches zu Bruch. Doch Gott sei Dank hörte sie nicht, wie die Mutter Madelaine sich über sie beklagte und schon oft dafür plädiert hatte, sie in ein Heim zu geben, wo auch die beiden Freundinnen, die zu ihrem heutigen Geburtstag mit einem Fahrdienst gekommen waren, lebten. Madelaine war nicht erschienen, denn sie war der Geburtstage ihrer Tochter überdrüssig, die ihr doch nur Arbeit beschert hatten. Sie liebte ihre Tochter wie sie behauptete, trotzdem war ihr Marlene durch die Bewegungsstörung und dadurch, dass sie sie nicht hörte und nicht sprach, fremd. Sie wusste nicht, wie sie mit ihr umgehen und kommunizieren konnte, daher hätte sie es besser gefunden, sie wäre nach der Schulzeit in eine Einrichtung gekommen, wo sich um alles gekümmert wurde. Aber Philippe widersetzte sich, er war ja auch berufstätig und hatte die Tochter nur abends am Hals, wie seine Frau anklagend sagte, und selbst dann verzog er sich oft genug hinter seine Rauchschwaden und jammerte über seinen anstrengenden Tag als Sozialpädagoge, dass er sich die Sorgen vieler Familien schon hatte anhören müssen. Madelaine wusste, dass es in der Familienhilfe nicht einfach war, aber darüber außer Acht zu lassen, was in seiner eigenen Familie los war und diese nicht zu unterstützen, zu denken, wenn er das Geld nach Hause brächte, dann wäre genug getan, empfand sie als grobe Fahrlässigkeit und darüber hinaus als Erniedrigung.

Marlene liebte ihren Vater abgöttisch, das schien ihn zu beruhigen und denken zu lassen, alles sei in Ordnung. Als seine Frau ihn und die Tochter verlassen hatte, engagierte er eine arbeitslose Bekannte, die sich Marlene tagsüber annahm, aber er sah ein, dass er kurz über lang Marlene in eine für sie optimale Einrichtung geben müsste. Doch seine Frau würde trotzdem nicht zurückkehren, denn die Beziehung war zerstört. Es war zu spät. Das waren traurige Entwicklungen.

Antoine wunderte sich, denn er hatte seinen Bruder an diesem Abend noch nicht eine einzige Zigarette rauchen sehen. Aber das klärte sich beim Abschied auf, denn da informierte ihn Philippe darüber, dass er an Krebs erkrankt sei und überreichte ihm gleichzeitig einen großen Karton „aus Kindheitstagen" wie er noch sagte, bevor er schnell die Tür schloss, um sich die Mitleidsbekundungen Antoines zu ersparen.

Antoine

Zu Hause öffnete Antoine den Karton und entnahm ihm mit nostalgischen Gefühlen die Eisenbahn, mit der er und sein Bruder früher gespielt hatten. Er baute sie vollständig auf, benutzte den großen, niedrigen Couchtisch, denn seine Frau war ja vorübergehend zu ihrer Schwester gezogen, weil ihr seine Familienprobleme, in der Tat die reinsten Katastrophen, zu viel geworden waren, was er nur allzu gut verstehen konnte. Er rückte den Sessel heran, in dem er Platz genommen hatte und schaute zu, wie die Eisenbahnzüge rundliefen, Schlaufen fuhren, Kreise und geradeaus. Ihm fielen die Städte ein, die sie damals anfuhren. Vielleicht war jetzt der Zeitpunkt gekommen, dachte er, in einen realen Zug einzusteigen. So kam es, dass er sich am nächsten Tag eine Fahrkarte nach St. Petersburg kaufte. Er hatte diese Stadt gewählt, weil er bei der Mutter nach ihrem Tod den Lyrikband von Anna Andrejewna Achmatowa gefunden hatte und selbst davon berührt wurde, als er gelesen hatte:

Aber der Sohn erkennt seine Mutter nicht,
Der Enkel wendet sich weinend ab,
Und die Köpfe neigen sich noch tiefer,
Der Mond schwankt wie eine Schaukel,
Und ja, welch Stille senkt sich,
Heute auf das besetzte Paris.

„Mais le fils ne reconnaît pas sa mère,
Le petit-fils se détourne en pleurant,
Et les têtes s'inclinent plus bas,
La lune oscillent comme un balancier,
Eh bien, voilà quel silence s'abat,
Aujourd'hui sur Paris coccupée"

(Le Monde Dossier 13.12.19)

Überdies hatte er jüngst einen Zeitungsartikel gelesen, in dem ein Buch rezensiert wurde, das die Freundin Nadejda Mandelstam über Anna

Achmatowa geschrieben hatte. Insbesondere hatte ihn in der Rezension der zitierte Dialog der Freundinnen nicht losgelassen, in dem von der Angst gesprochen wurde, dass erst die Angst den Menschen zum Menschen mache.

„Von allem, was wir gekannt haben, das Stärkste, das ist die Angst und seine Abweichung, so beginnt Nadejda Mandelstam auf den unvergesslichen ersten Seiten. Ein schändliches Gefühl der Scham über die totale Machtlosigkeit." Angst vor den Geräuschen der Stiefel, der schwarzen Raben" und der nächtlichen Schläge (gegen die Tür). Angst vor den anderen, aber auch vor sich selbst, während, unter dem Zwang, man auf nichts mehr antwortet. Angst schließlich, keine Angst mehr zu haben, denn paradoxerweise, alleine die Angst machte aus uns die menschlichen Wesen, unter der Bedingung, dass sie (die Angst) keine niederträchtige Feigheit mit sich bringt", notierte Anna Achmatowa, das war der Grund warum sie mehr als alles andere die Leute fürchtete, die keine Angst kennen. „

„ de tout ce que nous avons connu, le plus fort, c'est la peur et son dérivé, commence Nadejda mandelstam dans les inoubliables premieres pages. Un abject sentiment de honte de totale impuissance » Peur des bruits de bottes, des corbeaux noirs » et des coups nocturnes. Peur des autres, mais aussi de soi-meme, lorsque, sous la contrainte, on ne repond plus de rien. Peur enfin de ne plus avoir peur, car, paradoxalement, « seule la peur faisait de nous des êtres humains à condition qu'elle n'entraine pas une vile lacheté » note Akhmatova. C'est pourquoi elle redoutait plus que tout « les gens qui ne connaissent pas la peur »

(Le Monde Dossier 13.12.19)

..........Auch Antoine kannte Angst, aber hielt sie für andere unsichtbar, nur in den depressiven Phasen konnte er sie nicht vollkommen verdrängen. Aber es stimmte, besonders, wenn er seine Angst fühlte, fühlte er, dass er im Hier und Jetzt existierte und zugleich fühlte er einen tiefen, dunklen, verborgenen Urgrund.

Mireille

Er dachte an seine Schwester Mireille, die sich mit der Mutter zusammen verbrannt hatte. Er hatte in ihrer jetzt verlassenen Wohnung ein dunkelblaues Bild gesehen, das sie gemalt hatte, er wusste nicht, ob es ihr letztes gewesen war. Es hatte ihn tief bewegt, als wenn die dunkle Farbe wogte, lebendig war, die anderen Farben Rot, Gelb, Grün, Weiß hatten auch eine Ausstrahlung, aber am meisten zog ihn dieses rätselhafte Blau an. Er verband es mit tiefer Traurigkeit und Niedergeschlagenheit, gar Depression. Vielleicht neigte auch Mireille zu Depressionen, denn schwer hatte sie es ja gehabt in ihrem Leben. So viel er wusste, war sie schon mit 12 Jahren vergewaltigt worden, zu einem abgelegenen Ort entführt und lange nicht gefunden worden. Niemand redete über den Vorfall, er hatte es auch nur durch Zufall erfahren, als er im Krankenhaus ein Gespräch zwischen zwei Krankenschwestern mit anhörte, die glaubten, er schliefe. Es war kein Vorfall, es war ein Verbrechen, aber niemand wollte das so sehen, es wurde deshalb als Vorfall behandelt und verschwiegen.

Seine Schwester Mireille war sehr im Verborgenen geblieben, sie hatte früh nicht nur mit der Familie gebrochen, sondern auch mit anderen Menschen, denn laut einhelliger Meinung, zeigte sie sich weder anpassungsfähig noch kooperativ und entzog sich mit aller Kraft dem Mainstream. Auch in ihrem Beruf als Buchhalterin scheiterte sie und wurde Frührentnerin, denn sie entwickelte Wahnvorstellungen, sie sah etwa in dem schwarzen Auto eines Kollegen einen Leichenwagen, in dem roten Halstuch eines anderen eine Blutspur, die um seinen Hals lief, aus ihrem Fenster sah sie auf einen hohen Turm und stellte sich vor, dort hinunterzuspringen, aber das Schlimmste waren wohl die Stimmen, die sie periodisch aufsuchten und sie zu gefährlichen Taten zwingen wollten. Sie ging jedes Mal sofort zu ihrer Psychiaterin, wenn die Stimmen sie quälten, so dass ihr mit Medikamenten geholfen werden konnte. In den langen Zwischenpausen, die auch zwei Jahre andauern mochten, währenddessen sie ihre Ruhe hatte, malte sie unaufhörlich, ihre ganze Wohnung war voll von Leinwänden. Sie unterhielt sich mit den Farben und verstand ihre Malerei als körperliche und seelische Notwendigkeit. Sie näherte sich anderen Menschen nur, wenn es notwendig war und gestattete auch niemandem, sich ihr zu nähern, dazu zählten in erster Linie Männer. Doch es entwickelte sich eine enthusiastische Brieffreundschaft mit einem Unbekannten, dessen Annonce sie zufällig gelesen hatte, auch er suchte nicht mehr als nur eine Brieffreundschaft. Hinzu kam, dass er Ausländer war und sie seine Sprache beherrschte, weshalb sie sich ein doppeltes Vergnügen versprach. Diese Brieffreundschaft, ein Email-Austausch, wuchs über das normale Maß hinaus und beflügelte ihre und seine erotischen Phantasien. Da sie sich nicht kannten, enthemmten sie sich in ihrer bildlichen Sprache, um ihr Begehren zu beschreiben. Er suchte zwischen ihren Schamlippen nach ihrem rosa Diamanten, und sie half ihm dabei. Sie schrieb ihm, dass sein Kleiner an ihrem Eingang gewesen sei, als sie aufwachte und er antwortete, dass er an ihre Türe geklopft hätte und sie schrieb, er möge eintreten, sie aber zuvor lecken und er antwortete, er würde sie lecken, ihre Kleine aufsaugen, die größer würde und rot. Und so fort. Sie beschrieb ihm ihre Reizwäsche, die sie extra für ihn, den sie nie kennenlernen würde, gekauft hatte und machte schon in der Umkleidekabine Aufnahmen, die sie ihm noch aus der Kabine heraus schickte, allerdings immer ohne ihr Gesicht und auch alle folgenden Fotos, die sie ihm schickte und er ihr, machten sie immer ohne Gesicht, um sich geschützt zu fühlen. Er schickte ihr Aufnahmen, von denen er sich niemals hätte träumen lassen, dass er sie über das Internet verschicken würde, aber sie hatten beschlossen, nach dem Genuss, immer sofort alles zu löschen, woran sie sich auch hielten und wodurch sie sich für ihre Aufnahmen immer mehr entblößten, bis hin dass sie ihm unverhohlen ein Foto von ihrer geöffneten Vagina mit erhobener Klitoris schickte. Sie hatte mindestens eine Stunde gebraucht, um eine so schöne Aufnahme zu erzielen und sowohl er als auch sie waren entzückt und genossen den Anblick und die ausgelösten, lustvollen Gefühle in vollen Zügen. Sie konnten ihre Lustschreie hören, obwohl sie sie nicht hörten. Sie für ihren Teil hätte sich in ihrer Muttersprache niemals so viel Freiheit nehmen können und wollen wie in der Fremdsprache, in der sie zu allen schrankenlosen

Phantasien doch noch Distanz erlebte und sich wie in einem sie schützenden Versteck fühlte. Auch die emotionale Ebene hatte sich in ihrem Austausch entwickelt. Sie meinten, sich zu lieben mit allem Drum und Dran und legten ein Treuegelöbnis fürs Leben ab. Das lag aber wohl vor allem ihr am Herzen, sobald sie das Gefühl hatte, dass seine Liebe nachließ, verlor sie das Interesse an ihren erotischen Mails, war gekränkt und zog sich zurück. Der Austausch hatte seine Tücken, wie im wirklichen Leben auch, und manchmal war ihre Beziehung vom endgültigen Aus bedroht, wenn sie zu viel der Liebesschwüre verlangte. Das Ende näherte sich mit großen Schritten seit sie das Tabu gebrochen hatten, um sich ein einziges Mal zu sehen und sie auch gleich ins Bett gegangen waren. Sie vertraute sich immer mehr ihrem Tagebuch an, um die Stimmen, die Morgenluft für sich witterten, zurückzudrängen, doch geschwächt durch die latente und immer offenere Zurückweisung durch ihren Liebespartner, frohlockten die Stimmen und sahen in ihrer Schwächung ein gefundenes Fressen. Die Stimmen überwältigten sie geradezu und eine von ihnen wurde lebensgefährlich zudringlich, aber Mireille, die ihre Beziehung zu Pierre noch nicht aufgegeben hatte, noch nicht als verloren ansah, nahm die zudringliche Stimme nicht ernst genug wie sonst und suchte ihre Ärztin nicht auf, denn sie fand, dass das, was die Stimme von ihr verlangte, nicht ernst genommen werden könnte, und spielte es herunter, wer würde schon auf die Idee kommen, seine Mutter und sich selbst zu verbrennen. Sie trat mit der Stimme in einen Dialog, in dem sie diese Stimme lächerlich machte, ihr sogar das Handwerk legen wollte, sie vernichten. Aber wie wollte sie das anstellen? Sie würde der Stimme beweisen, dass sie einen Scheißdreck wert war, indem sie in das Haus der Mutter gehen würde, dann würde die Stimme schon sehen, dass sie stark war und ihren Willen nicht erfüllte, wodurch sie sie der Lächerlichkeit preisgegeben haben würde und die Stimme nur die Möglichkeit hätte, sich kleinlaut aus dem Staub zu machen.

Als sie nach einem langen Fußmarsch angekommen war, ging sie um das Haus der Mutter herum und fand die Balkontür geöffnet. Sie trat unbemerkt ins Wohnzimmer, wo sie von der fast erblindeten Mutter, die in einer Decke eingewickelt im Sessel saß, offenbar eingeschlafen, denn der Kopf war zu einer Seite abgeknickt, nicht gesehen wurde. Der Anblick der über neunzig Jährigen ließ sie leicht schaudern, als wenn sie in ihr die kalte Mutter von damals sah und spürte. Einen Moment lang fühlte sie Wut in sich aufsteigen, eine heiße Wallung, die ihr den Verstand trübte und sie glaubte, das Bewusstsein zu verlieren. Sie drehte sich weg, um die Mutter nicht mehr ansehen zu müssen und ging dann lautlos in die Küche, wo sie alles Nötige fand. Das waren schlichte Streichhölzer, mit denen sie nach und nach alles Brennbare antzündete, vor allem Decken, Kissen, Kleidung, Teppiche…Sie dachte längst nicht mehr an die Stimme, denn sie war überwältigt worden von ihrem Hass auf die Mutter, die sie ungeliebt gelassen hatte. Sie versank in ihrem panischen Tun, das wie geplant und mechanisch von statten ging. Sie sah wie die Flammen emporstiegen, sah sie an wie Kinder, die etwas Leuchtendes fasziniert ansahen. Es störte sie auch der Geruch nicht, der Rauch, der sich entwickelte, denn sie war wie in einer anderen Welt von einem großen Zauber gefangen gehalten. Auch als sie das Husten der Mutter und ihr eigenes hörte, war sie noch völlig verzaubert wie ein Kind, das in den Anblick einer Wunderkerze vertieft war. Dann jedoch wurden die Flammen noch größer und erfassten ihre Kleidung, ihren Körper, ihre Haare und erstickten ihre Schreie und die der Mutter, die schon aus ihrem Sessel gefallen war. Die Feuerwehr, die die Nachbarn gerufen hatten, kam zu spät, um das Leben von Mutter und Tochter zu retten, nur Teile des Mobiliars blieben unbeschädigt, einige Bücher, Schriftstücke und Zeitungsausschnitte.

Antoine hob willkürlich einen Zeitungsausschnitt auf, ein Interview mit Jaques Bloch über Buchenwald in der Le Monde vom 7.1.20. Bloch musste 1944 mit ansehen wie „…..ein Offizier riss das Kind, ein Neugeborenes, aus den Armen der Mutter, warf es in die Luft und während es wieder herunterfiel, erschoss er es…..". Von Entsetzen gepackt ließ Antoine den Zeitungsartikel, der zwei Seiten lang war, fallen. Die Mutter war fast blind, konnte den Bericht also nicht selbst gelesen haben. War Marie-Louise die Vorleserin gewesen? Und warum? Es musste auf Wunsch der Mutter geschehen sein. Sie hatte diese Zeit erlebt.

Auch das Fotoalbum, aus dem das Foto der Mutter mit den geschorenen Haaren, die mit anderen durch die Stadt getrieben wurde, gefallen war, war teilweise erhalten geblieben. Das Foto lag sogar immer noch auf dem Boden und das er später in das Fotoalbum zurücksteckte wie schon einmal, als er es auf dem Boden fand, nachdem seine Schwester Marie-Louise, gegangen war, es fallen gelassen hatte und er seine Mutter darauf ansprach. Sie hatte zu ihm gesagt, dass schon seine Schwester geglaubt hätte, dass sie das auf dem Foto sei, aber es sei ihre Zwillingsschwester Renée. Antoine hatte zu ihrer und seiner Beruhigung nicht viel Aufhebens gemacht und steckte es zurück. Nun war es wieder herausgefallen, als wenn es wahrgenommen werden wollte. Antoine sagte sich aber, dass es doch egal sei, wer auf dem Foto zu sehen sei. Selbst wenn es seine Mutter gewesen sein sollte, die Zeiten waren doch ein für alle Mal vorbei. Wichtiger war es doch, sich um die Lebenden zu kümmern. Aber jetzt würde er sich erst einmal um die Toten kümmern müssen, denn er musste die beiden, Mutter und Tochter beerdigen.

Er fühlte Mireilles Tagebuch in seiner Jackentasche, das hatte er bei seinem Rundgang durch ihre Wohnung eingesteckt.

Es trug die Aufschrift „Die Entwicklung eines Bildes", „Halluzinationen", „Philippe" und „Pierre".

Die Aufzeichnungen bezogen sich nur auf den Zeitraum, in dem sie an einem bestimmten Bild gearbeitet hatte. Antoine hatte es bei seinem Rundgang nicht entdeckt, aber es mochte hinter einem anderen Bild derselben Größe von 1,40 x 1,50m stehen, Mireille hatte eine Fotografie in ihr Tagebuch geklebt, deshalb würde er es sicherlich finden.

Das Tagebuch:

„Über die Entwicklung eines Bildes, „Halluzinationen" , „Philippe" , „Pierre":

Sie fotografierte das große Bild, das sie gerade mit weiß übermalte, ein Teil war schon weiß. Sie hörte nebenbei im Radio von Antonin Dvorak ein Klavierkonzert. Sie überlegte wie lange sie für ein

*Bild dieser Größe brauchte. Das konnte Tage,
Monate oder sogar Jahre dauern. Die Leinwand,
die sie gerade einweißte, war bereits übermalt
worden, jetzt nahm sie nach Jahren wieder die
Arbeit daran auf, obwohl sie es damals für fertig
gehalten hatte. Es war äußerst dunkel und
bedrohte sie ständig im Hintergrund, jetzt sollte es
hell werden, obwohl das dunkle Bild an sich gut
war.*

*Am Morgen gegen 7.30 Uhr trug sie das letzte
Drittel Weiß auf die große Leinwand auf. Warum
hatte sie so einen Durst nach Weiß? Es war der
Urgrund, auf dem sich alles aufbaute. Es musste
jedoch nicht immer so sein, denn bei der nächsten
großen Leinwand, die sie übermalen wollte nach
Jahren, würde sie das bisherige Ergebnis nicht
durch Weiß zum Verschwinden bringen, sondern
es sollte als Untergrund dienen und vielleicht hier
und da durchschimmern.*

*Gesagt getan. Sie stellte die nun ganz und gar
weiß übermalte Leinwand   erst einmal weg, denn
sie musste ja überdies auch trocknen, bevor es
weitergehen konnte und widmete sich der
Leinwand, die sie nicht mit Weiß übermalen
wollte, sondern hier das bestehende, schon*

gemalte Bild als Ausgangssituation nutzen wollte, als Hintergrund und setzte darauf ihre Farben.

Sie malte viel, hatte die aufgetragenen, zu starken Farben inzwischen wieder besänftigt und auch die freien Zwischenräume mit Farbe belegt.

In der Nacht stand sie auf und trug auf die sanften Farben an einigen Stellen erfrischendes Rot auf, denn sie hatte sich auf der Leinwand total zurückgenommen. Sie würde fortfahren und weiter lebhafte Farben auftragen und damit nicht nur der Leinwand, sondern auch sich selbst etwas Gutes tun..

Vor allem die Farben waren wichtig und lagen ihr am Herzen, die in ihrer Malerei aufblühen sollten. Mit ihnen kehrte die Hoffnung zu ihr zurück. Sie spürte Hoffnung im Herzen.

Sie hatte das Bild mit kräftigen Farben bereichert, es gefiel ihr, es war ausnehmend schön, denn es ließ zwischen den Farben auch Freiraum zum Atmen. Bei den vorangegangenen Bildern war dieser Freiraum nicht gegeben, sondern jeder Platz war besetzt worden, es war pralle voll auf *der Leinwand, und manchmal deckte eine Farbschicht alles zu.*

Halluzination 1 Kleines weinendes Mädchen

Da war ein kleines Mädchen, das sie weinend an immer derselben Stelle antraf, bis sie es mitnahm und großzog. Aber mindestens zweimal am Tag bekam das Mädchen einen Weinkrampf und flüchtete sich zu ihr. Da sie nicht sprach, erfuhr sie nichts aus ihrem Vorleben. Was sie auch unternahm, um das Mädchen abzulenken und zu stabilisieren, es führte zu keiner Änderung ihres Verhaltes. Sie blieb auch als Jugendliche und Erwachsene diesen plötzlich sie schüttelnden Weinkrämpfen ausgeliefert, die sie in ihre Arme trieben, um Schutz bei ihr zu suchen.
Doch dann passierte es eines Tages, dass sie im Garten die Erde mit ihren bloßen Händen aufkratze, mit Ausdauer immer ein Stückchen tiefer grub, bis kleine Knochen zum Vorschein kamen. Sie hatte das Skelett eines kleinen Mädchens entdeckt. Sie holte einen Karton, in den sie die Knochen hineinlegte und in die Küche trug, wo sie sie säuberte und dann auf dem Papierblock ihre Geschichte aufschrieb, denn die

Schrift hatte sie erlernt. Sie kauften einen kleinen Apfelbaum, den sie in das Loch, mit den Knochen auf den Wurzeln drumherum, einpflanzten. Jedes Mal, wenn sie spürte, dass das Trauma sie von innen heraus anfasste, ging sie zum Apfelbaum hinaus.

Halluzination 2 Frida Kahlo mit kurzen Haaren

Sie sah Frida Kahlo auf dem Stuhl in Männerhosen sitzen, in ihrer Hand die Schere, mit der sie ihre Haare abgeschnitten hatte.

Sie nahm die Malerei an dem Bild wieder auf, obwohl es schon spät war, 23.00 Uhr, aber sie hatte das Gefühl, dass das Rot und das Grün nicht mehr passten und sie deshalb beunruhigten. Sie entschied sich für einen mittelbraunen Ton, dunkler Ocker. Auch für Grau. Also ganz ungewöhnlich, da sie vordem frische Farben gewählt hatte. Es war eine langwierige Arbeit, für die sie aber immer noch motiviert war. Am Ende fügte sie noch ein paar dunklere Farben hinzu, wählte Dunkelviolett, das bereits einem Dunkelblau und Schwarz nahekam, aber eben doch den Schimmer von Dunkelviolett ins Bild trug.

Sie hatte das Bild gedreht, so dass jetzt alle Linien horizontal verliefen. Es war ein unglaublich lebhaftes Bild, man mochte auch an einen starken Wellengang denken, an Wellen, die etwas mit sich rissen.

Sie hatte das Bild wieder mal umgestürzt, damit meinte sie nicht, dass sie es hatte fallen lassen oder doch, aber im übertragenen Sinn. Sie kratzte mit dem Metallspachtel die Farbe wieder ab, die ihr plötzlich zu dick aufgetragen schien. Es war ihr plötzlich auch zu voll geworden, zu viele Farben übereinander, nebeneinander, auch verursachten die Wellenbewegungen Schwindelgefühle, als würden die Wellen alles in eine Richtung mitreißen wollen.

Sie fühlte sich überfordert mit der ganzen Fracht an Bord, deshalb nahm sie alles, soweit es überhaupt ging, mit dem Metallspachtel runter. Zum Vorschein kam ein durchaus ansprechendes Bild wie hinter einem Schleier, aber das gefiel ihr auch nicht wirklich, denn alles war zurückgenommen und versteckte sich.

Sie seufzte und begann von vorne. Sie wollte eigentlich Weiß auftragen. Jedoch war sie überrascht, dass sie die ganze große Tube Weiß schon auf dem Bild verbraucht hatte und Heiligabend hatten doch alle Geschäfte geschlossen und auch am 1. und 2 Weihnachtstag, also musste sie wieder Farben nehmen. Sie wollte auf der „bereinigten" Fläche ihre farbigen Flecken malen, mit dem Spachtel spachtelgroße Flecken von ca. 5 Zentimeter Breite und Länge. Die Farben waren nicht unbedingt so wie sie sie gerne gehabt hätte, aber sie mischte dem Rotorange den Hautton bei, so entstand ein sanftes Rot. Das helle Blau war ihr eigentlich zu kräftig, aber wenn sie das abschwächte, würde das Bild zu sehr verblassen, zumal Gelb und Grün auch eher blass waren.

Für Rosa, ihre Farbe, die sie nicht missen mochte, hatte sie ein „persan rose" zur Verfügung, das ein etwas mattes Rosa war. Sie hätte auch mischen können, aber das wäre zu intensiv geworden.

Den Hautton verteilte sie ohne etwas beizumischen und auch Nepalgelb. Das hörte sich viel an, aber auf der großen Fläche blieb dazwischen immer noch Luft zum Atmen, sie nahm davon Abstand, die Zwischenräumen auch noch mit Farbe zu besetzen. Sie fand es eigentlich ganz schön, dass von dem Untergrund in den Zwischenräumen einiges durchschimmerte, manchmal auch Anhäufungen von zusammengekratzter Farbe. Also ein sehr geheimnisvolles Bild, weil die aufgetragenen, farbigen Flächen auf einem mysteriösen Untergrund ihren Platz gefunden hatten.

Sie malte erneut an dem Bild, dass sie für fertig gehalten hatte und dann wieder nicht.
Sie fand, dass die Farben auf der Oberfläche so taten, als wenn nichts sei, jedoch war wohl etwas, nämlich das Weißgraue zwischen den einzelnen Farbflecken war für sie wie gefrorenes Eis eines Sees, auf dem man einbrechen konnte und sie deshalb überlegte, ob sie diese Zwischenbereiche nicht mit Erdfarben füllen sollte.

Es war wirklich schwierig mit dem Bild, das schon eine weite Entwicklungsstrecke hinter sich hatte. Sie besetzte weitere Plätze mit Zitronengelb, das schon auf einigen Plätzen vorhanden war, und sie setzte den Hautton ein. Schließlich ging sie mit Rot auf die stärksten, rottönigen Flecken, darüber dann mit permanent rose, und das mischte sie noch mit Weiß, so dass in der Tat ein intensives *und ein schwächeres Rosa entstand. Aber war es nun nicht zu viel geworden? Sie musste es jetzt erstmal so lassen und ein bisschen abwarten.*

Sie hatte wieder und wieder gemalt, das Bild abermals und abermals verändert. Sie stand in der Nacht nochmals auf, um rose permanent dunkel aufzutragen, sparsam, auf den gelben Plätzen, auf fast allen. Das machte es spannend. Tagsüber hatte sie weiße Plätze geschaffen und das Zitronengelb nochmals übermalt und sowieso hatte sie ja das aggressive Rosa-Pink dringend abschaffen müssen, es verschwand unter grüne und blaue Plätze, die sie erweiterte. Aber das Hellgrün war ein Olivgrün geworden, das musste sie jetzt nochmal ändern, drüber malen, wenn das noch ging, denn es war ja schon so viel Öl auf der Leinwand, und sie müsste heute noch die dunkel permanent rose Plätze vergrößern, die allesamt sehr schmal waren und nicht so ausladend wie die anderen Farben, die sich verbreiteten. Man könnte an geschminckte Lippen denken, die einen Kuss aufdrückten oder an Menschen oder Häuser.

Halluzination 3 Frida Kahlo im Korsett

Sie hatte ja schon von Frida Kahlo berichtet, die sie zu ihrer Linken gesehen hatte, einmal mit geschorenen Haaren und Hosen sitzend und jetzt stehend im weißen Unterkleid mit dem Korsett, dem Stock im Rücken.

Halluzination 4 Alte Hexe

Sie sah eine Alte „Hexe", eine obdachlose, alte, verwahrloste Frau, die einen vergifteten Apfel hatte, den sie, wie im Märchen, einer jungen Frau, die noch schön war, geben wollte, um ihre Eifersucht zu besiegen, denn der Apfel war vergiftet und würde die junge, schöne Frau töten. Sie glaubte, so besiege sie ihre Eifersucht, ihren Neid und ihre Missgunst, aber da hatte sie sich getäuscht, denn die Gefühle blieben in ihr, egal ob die junge Frau tot war oder lebendig.

Ihr großes Ölbild hatte sie beendet. Jedenfalls hatte sie das Gefühl, dass es jetzt gut war, wenn *auch etwas fremd anmutend wegen der Farbgebung.*

Das Grün war sehr lebhaft, aber es war schön, dass sie wieder viele verschiedene Figuren erkannte, immer in neuen Formationen, ob andere das auch sahen, bezweifelte sie allerdings.

Es war ein ganz und gar abstraktes Bild, im Chaos sehr geordnet, überdies fand sie das Bild erotisch durch die ein Zentimeter breiten, dunklen permanent rose Pinselstriche auf dem Gelb und Braun. Flächenmäßig nahmen Blau und Grün die größten Flächen ein, dann kam Gelb, Weiß und Braun und als letztes das permantent rose. Sie müsste vielleicht das Blau noch übermalen. Sie liebäugelte auch damit, noch andere Rottöne unterzubringen, aber dadurch ginge das Süffisante, Spitzbübische, Kokette, Erotisierende, Spielerische im Bild verloren.

Das Bild war doch noch nicht zu Ende gemalt. In der schlaflosen Nacht dachte sie über die auffällig großen Flächen von Blau und Grün nach und beschloss, dorthinein noch ein Hellblau zu geben wie auch ein Dunkelblau. Beim Grün dasselbe, sie würde noch an Hellgrün und Dunkelgrün Plätze vergeben. Und sogar dem Weiß das Schwarz zugesellen und dem Dunkelrot ein Mittel- und Hellrot und Orange!!!

Halluzination 5 Frau mit Rosen

Nach jener des weinenden Kindes, jener von Frida Kahlo und jener der neidischen, alten Frau, die eine junge Frau mit einem Apfel vergiften wollte, sah sie eine junge Frau mit einem Korb voll von dunkelroten Rosen und einen Mann, der sich zu ihr, die sie auf der Erde saß, herunterbeugte, die Rose, die sie ihm hinhielt annahm und sie gleichzeitig an der Hand hochzog. Er war ganz in Weiß gekleidet, sie selbst hatte schwarzes, dichtes Haar. Sie gingen fort, als sie zurückkam, geknickt, waren ihre Rosen schwarz wie dickes, schwarzes Blut. Sie war traurig und unglücklich.

Das Bild wurde mehr und mehr schlecht. Zu viel Struktur bis zu dem Punkt, an dem es weh tat. Die Farben waren nicht mehr schön, sie hatte zu viele übereinandergelegt. Es war noch nicht fertig, es konnte sein, dass sie sehen würde, dass es ganz und gar nicht gut geworden war, dann würde sie es vernichten, aber vorher musste sie es beenden, bis zum Ende gehen.

.

Sie hatte noch lange an dem Bild gemalt, Hellgrün auf das platte Mittelgrün sowie Dunkelgrün und Hellblau auf das platte Mittelblau gemalt. Es entstanden dadurch Formen, die sie an Henry Matisse erinnerten, die leichten Wölbungen der Figuren, Rundungen, aber auch erinnerte sie sich an eigene, frühere Bilder, auf denen es spielerisch und tänzerisch zuging mit viel Rundungen. Die Formen, die sie jetzt auf die Leinwand malte, waren jedoch kompakter, flächiger, das gefiel ihr, allerdings waren die Farben in ihren Augen zu grell. Heute würde sie noch die roten Figuren hinzufügen, sogar auch Helllila und Rosa, aber verhalten.
Nur Dunkelblau hatte sie nicht aufgetragen wie vorgehabt, es machte sie depressiv, mehr denn schwarz, schwarz war neutral und klar, hatte sein schweres, mörderisches, tödliches Gewicht und Gesicht, erinnerte jedoch auch vertrauensvoll an Mutter Erde.

Jetzt war das Bild wirklich fertig. Besonders gefiel ihr das Hellblau und die kleinen rosa Flecken. Auf das Dunkelblau verzichtete sie, das würde das Bild düster machen, zerstören.

Sie würde doch noch an dem Bild weitermalen und zwar das Dunkelgrün wieder wegnehmen, das vor allem, dann das Dunkellila und auch das Rot. Wahrscheinlich kämen Weiß und Zitronengelb ins Spiel.
Sie litt sehr mit dem Bild mit, denn all das war innerlich in ihr, das Auftragen und Abtragen, das Hin und Her, das Entschlossensein und das Wankelmütige, das Zerbrochene und das Feste. Im Endeffekt, sie war unglücklich, aber raffte sich immer wieder auf.

Gestern hatte sie tagsüber und abends an dem Bild abermals gearbeitet. Zunächst das Rot mit Weiß gelöscht, aber da das Rot sich noch mit dem Weiß etwas vermischte, entstand ein lichtes, sehr helles Rosa. Auch gut. Dann ging sie auf das Dunkelgrün mit Hellgrün. Schließlich mit dem Hellgrün auf das Lila, woraufhin eine eher schmutzige Farbe entstand. Jetzt musste alles wieder zwei, drei Tage trocknen, bevor sie die schmutzige Farbe übermalen konnte.

Aber der Eindruck jetzt von dem ganzen Bild, das pastell geworden war, bis auf die braunen Wege, die das Ganze trugen, wie die Erde die den Himmel, die Welt und die Sonne trägt, war im Vergleich zu der vorherigen Version positiv. Es wirkte oberflächlich gesehen harmonischer, ruhiger, befriedet, wenn man genau hinsah, war natürlich noch viel Unruhe zu spüren, eine Spannung.

Alles, was sie an Farben wegnahm, tat ihr wohl, das hieß, sie ging nicht gänzlich ins Farblose, aber das Schreiende, Direkte, Herausfordernde nahm sie weg. Sie ertrug es nicht, sogar das Rosa war ihr aggressiv erschienen, sie deckte es mit einem beigen Ton zu.
Als nächstes wollte sie Weiß auftragen und eventuell ein sanftes Orange, wenn sie die richtige Mischung hinbekäme.

Halluzination 6 Die Ziege

Sie saß in Lumpen gekleidet am Wegesrand mit zotteligen Haaren, vielleicht aß sie etwas. Aus dem Wald tauchte von rechts ein alter Mann auf, der sich auf einen Stock stützte und erschöpft schien, grau im Gesicht mit zotteligen Haaren. Er blickte zu ihr und sie zu ihm. Er humpelte zu ihr und verwandelte sich dann in eine Ziege, die sich neben ihr niederließ, ihren Kopf in ihren Schoß legte und begann, sie zu lecken. Da fuhr sie hoch und rief den Namen ihres Geliebten. In diesem Moment wurde wie im Märchen aus der Ziege ihr Geliebter in seiner alten Frische. Er sagte, dass er sie lange gesucht habe und froh sei, dass sie ihn an seiner Vorliebe erkannt hätte. Als Paar von damals gingen sie umarmt und in Freude davon.

Was für kitschige Bilder sie doch in sich trug, die alle das Bedürfnis nach Wahrheit, Reinheit, ungetrübter Liebe in sich trugen.

Sie trug, wie sie es beabsichtigt hatte, auf manchen Plätzen Weiß auf, das gab ein unbedingtes Licht, war wirklich wichtig, um von einer Welt in die andere zu wechseln und zurück, vom Diesseits ins Jenseits und vom Jenseits ins Diesseits. Die Bedrückung wurde durch das Weiß gelockert.
Ein sanftes Orange würde noch folgen, da müsste sie noch mit Bedacht Plätze aussuchen.

Ihr Bild war missraten. An und für sich hatte sie durch Beige das Bild beruhigt, aber es war doch ein bisschen lahm dadurch, farblos geworden und es musste wieder etwas Leben rein. Sie dachte an das sanfte Orange. Aber ihre Mischung ergab einen lachsfarbenen Ton, der sogar einen rosa Anflug hatte. Doch war das dermaßen aufdringlich, dass sie die ganze Farbe wieder herunterholte. Sie war so frustriert, dass sie kurz davor war, aufzugeben und die Leinwand zu zerstören, denn sie fand einfach den Ton nicht. Sie war verzweifelt.

Sie nahm die Suche nach der Farbe, die in das Bild passte, es beleben sollte, wieder auf. Dieses Mal machte sie sich an den Hautton, vermischte ihn nochmals mit Weiß, so dass ein sehr heller Hautton entstand.
Meistens malte sie ohne Musik, aber sie stellte das Radio an, in dem sie gerade die Oper la Traviata von Verdi live aus der Met in New York, übertrugen. Die Polin Aleksandra Kurzak, die die Violetta sang, erzählte vor und in der Pause, dass sie mit dieser Figur der Violetta aufgewachsen sei, denn ihre Mutter sang sie pausenlos, als sie noch Kind war, sie wuchs in die Rolle hinein und

mit ihr auf. Es war ihre erste Oper, die sie in Gänze hörte.

Der blasse Hautton harmonisierte ihrer Meinung nach gut mit dem Hellblau und Hellgrün und Weiß, aber alles würde sich erst später zeigen. Sie müsste auch noch das Zitronengelb erneuern, das Hellgrün an einigen Stellen, und sie überlegte, ob sie nicht doch noch ein Zartlila auf einigen Stellen auftragen sollte.

Sie hatte endlich den Schritt gewagt und das helle Lila aufgetragen. Es tat ihr persönlich wohl, als wenn diese Farbe psychisch wichtig für sie wäre, aber ob sie gut für das Bild war, wusste sie noch nicht. Die weißen Plätze wurden weniger, da sie viele mit Lila besetzte.

Sie war inzwischen mit dem sich Rosa annähernden Hautton nicht mehr so zufrieden, aber wusste auch nicht, mit welchem Ton es ersetzen. Sie dachte daran, dass sie eine rosa Bluse besaß, aber die war licht, und dieses Licht konnte sie nicht in ihrem gemalten Rosa wiedergeben.

Sie fotografierte das Bild mit dem Lila und sah, als sie das Bild betrachtete, dass es gut mit dem indisch Gelb harmonierte, das bislang nur wenig Platz einnahm, wenngleich der wärmste Ton im

Bild. Deshalb wagte sie es, ein paar schmale Plätze mit dem Gelb zu füllen.

Es war spät geworden, sie musste die weitere Arbeit auf den morgigen Tag verschieben, aber dann würde sie wahrscheinlich das Zitronengelb durch das indisch Gelb ersetzten und sehen, ob es genügend Wärme ins Bild brachte, um das kühle Rosa, Helllila, Hellgrün und Hellblau aufzufangen, zu tragen.

Nachdem sie das Zitronengelb an mehreren Stellen durch indisch Gelb ersetzt hatte, war es ihr nicht genug der Wärme, und sie mischte es mit Rot, um dadurch einen weichen, wärmenden Rotton zu erzeugen. Als sie diesen aufgetragen hatte, war sie fast zufrieden. Auf jeden Fall fühlte sie sich mit dem weichen, wärmenden Rotton wie in eigener Haut, er erinnerte sie an ihr früheres, jugendliches Dasein. Aber nun war der Hautton nicht mehr passend. Er war zu auffällig mit seinen größeren Flächen, sie überlegte deshalb, ob sie den Rotton noch weiter mit dem indisch Gelb abschwächen, „verweichlichen" sollte, denn nochmals ein Helllila mit Rot zu mischen, wäre ihr zu kalt.

Sowieso müsste sie jetzt abwarten, bis das Rosa vollkommen getrocknet war, um es mit neuer

Farbe zu übermalen. Geduld war ihr also abverlangt. Nicht gerade ihre Stärke, weil sich oft in diesen Phasen die Stimmen meldeten und lauter wurden, weil sie sie nicht mit ihrer Malerei besänftigen konnte, sondern geduldig warten musste und ihnen dadurch Freiraum schaffte.

Es wurde ein sanftes Rotorange, das war natürlich etwas anderes als das zarte Rosa, das nicht wusste wohin. Es war ja kein echtes Rosa, sondern ein Hautton und der war wie Rosa nicht wirklich präsent, was aber auch daran liegen konnte, dass sie ihn geschwächt hatte, also ein Hautton mit viel Weiß. Das Rotorange, das jetzt raumgreifend war, abgesehen vom Hellblau, war präsent, aber nicht unangenehm. Nur passte jetzt das ganz helle Grün nicht mehr dazu. Sie hatte ja drei verschiedene Grüntöne, von dunkel nach hell abgestuft und das allerhellste Grün war nicht mehr akzeptabel im Zusammenspiel mit dem Rotorange.

In der Nacht überlegte sie, mit welcher Farbe sie es ersetzen könnte, da blieb eigentlich nur Weiß übrig. Das wären ja die Farben Frankreichs, so fiel es ihr ein, nicht ganz, denn Rotorange war nicht Rot und Hellblau war nicht Dunkelblau und überdies gab es in ihrem Bild auch Streifen von

Braun, Dunkelgrün und Dunkelblau, das Lila nicht zu vergessen.

Gestern abend, als sie auf eine Antwort ihres Geliebten wartete, stand sie nochmals aus dem Bett auf und ging an die Staffelei, ersetzte bereits getrocknete, hellgrüne und helllila Plätze durch Weiß, das war eine Erholung, aber vielleicht auch Krankheit. Weiß war ja eine komplizierte Farbe, aber in ihrem Fall gab sie viel Licht und harmonierte mit dem sanften Orange und Hellblau und den sparsamen Streifen von Dunkelgrün, Dunkelblau und Dunkelbraun.

Das Bild wurde nicht fertig, auch, weil das Einatmen der Ölfarbe zum Problem wurde trotz geöffneter Fenster. Eine Mitschuld trug wahrscheinlich die Tatsache,, dass es eine sehr minderwertige Farbe war.

Pierre

Sie hatte ihrem Geliebten Pierre, den sie nun doch ein einziges Mal getroffen hatte, einen wütenden Brief geschrieben, darin stand, dass sie froh sei, dass es mit der Penetration nicht geklappt hätte, denn ihr Körper, der sich geweigert hätte, sich zu öffnen, habe wohl unbewusst begriffen, dass er sie nicht liebe, sondern nur sein Vergnügen suche. Die Male, die er ihr per email gesagt hatte, dass er sie liebe, waren eindeutig gelogen, er habe es offensichtlich nur getan, um sie nicht zu verlieren, um nicht um sein Vergnügen gebracht zu werden. Sie wolle ihn weder real noch per email wiedersehen. Schuft!

Gestern hatte sie sich wieder die Finger wund gemalt. Aber dann auch für den Tag Schluss gemacht und das große Bild rüber geschleppt ins andere Zimmer, wo es jetzt erstmal vor sich hin trocknen sollte. Viel Weiß war jetzt auf dem Bild, und es schien ihr zu viel, es wirkte jetzt auch kalt und abweisend, hart, also ganz so, wie sie es nicht wollte, aber sie musste dadurch, denn Weiß war die Basis von allem, jedoch musste es trocknen und ihr taten auch die Hände weh, die Handgelenke als auch die Finger.
Sie hatte wirklich keine Idee, was werden sollte. Doch Dunkelblau? Oder sogar mehrere Farben? Das schien ihr in ihrer Verwirrung nicht das Schlechteste. Zum Beispiel auch ein grauer Platz.

Wenn sie die passende Farbe nicht fand, konnte es noch unendlich weiter gehen, das machte wahrlich keinen Spaß mehr. Oder sie müsste das ganze Bild in diesem sanften Orange malen? Vielleicht war das am Harmonischsten?

Philippe

Ihr Bruder Phillipe, der an Krebs erkrankt war und den sie nur einmal im Jahr auf ein Kaffeetrinken sah, denn er wohnte nicht um die Ecke, sondern 4 Stunden Bahnfahrt entfernt, und sie hatten nicht gerade ein sehr freundschaftliches Verhältnis, lud sie zur Geburtstagsparty seiner behinderten Tochter ein, was sie ablehnte, im Gegensatz zu Antoine, der zu allen Geschwistern ein neutrales Verhältnis zu haben schien. Aber per WhatsApp schrieb sie sich mit Philippe hin und wieder.
Dieses Mal schrieb er, dass er keine Schmerzen habe, nie gehabt habe, dass er jedoch jetzt nach den drei, über mehrere Tage laufenden Chemotherapien und Bluttransfusionen, versuchen würde, wieder zu Kräften zu kommen, denn im nächsten Monat sei sein OP Termin. Er hätte unerwartet einen Rückfall gehabt, sein Kreislauf sei zweimal kollabiert, und er habe

schwarzen Stuhl gehabt. Sein Tumor habe geblutet, man habe ihn an der Stelle verklebt. Er habe nochmals vier Bluttransfusionen bekommen. Überdies habe sein Herz verrückt gespielt. Aber er sei wieder zu Hause und würde auftanken für die Op.

Mireille war erschüttert über das, was er durchmachte und schrieb ihm sofort eine liebevolle, aufmunternde und trostspendende Antwort.

Halluzination 7 Pierre als Pappfigur und
            als doppelter Guru

In ihrer Halluzination sah sie ihren Geliebten Pierre als Pappfigur flach wie eine Postkarte in einem Holzständer auf dem Schreibtisch stehen. Die Figur aus Pappe ließ sich vor und zurück bewegen, sie war sinnlos und sie nahm sie aus dem Ständer heraus, legte sie zu anderen Papieren, die für das Altpapier bestimmt waren.

Sie war erleichtert, denn jetzt war sie ihn los. Aber dann war sie geradezu entrüstet, füllte sich mit Angst,   denn da war er wieder, Pierre, *gekleidet in Weiß, sitzend wie ein Buddha und schaute sie mit seinen großen Augen an. Um den Hals trug er eine Kette, die sie an Bhagwan erinnerte, über den sie kürzlich zufällig eine Radiosendung gehört hatte.*

Dieser Blick war spöttisch, von jemandem, der spöttisch zu ihr sagte:

Das meinst du doch nicht ernst! Das schaffst du doch gar nicht, dich von mir loszulösen! Ich bin doch dein Guru, ich habe dich doch in der Hand, deine Seele gehört mir wie dein Körper, das weißt du ganz genau. Du bist mir untertan, gehorchst mir, hast keinen eigenen Willen. Das alles weißt du doch, also stell dich nicht an. Zieh dich aus und mach, was ich sage. Sei ein braves Mädchen.

Als sie später im Bett war, wandelte sich das Bild, jetzt sagten die Augen des Gurus, ihres Pierre, spöttisch:

Das schaffst du doch! Du bist doch schon groß! Du kannst dich doch schon alleine waschen, dich auf eigene Beine stellen, dich behaupten, dich loslösen! Du hast doch Erfahrung, du bist klug und intelligent und kreativ. Ich bin da, um für dich wie im allgemeinen „Loslösung" zu repräsentieren zu symbolisieren und auch, damit du nicht verloren gehst, wenn du dich loslöst. Du kannst mich immer in deinem Herzen tragen. Wenn du mich nicht verwirfst, dann bin ich in der Mitte deines Herzens und stehe dir bei. Du bist mit mir, wenn du mich nicht verstößt, nie alleine. Ich sage dir nur, du bist stark genug, dich loszulösen von einem Menschen, der dich nicht liebt. Siehe in mir das Sinnbild der Loslösung schlechthin. Und dass du nicht alleine bist, sondern dass ich in der Mitte deines Herzens da bin.

Das Bild

Gestern auf die weißen Plätze einen weiteren, sanften Orangeton aufgetragen, aber so, dass eine weiße Umrandung blieb. Das gefiel ihr zunächst gut, ähnelte einem Scherenschnitt oder aus Papier gerissenen Figuren, weil die weißen Ränder gefranst wirkten. Aber dann, als sie schon im Bett lag, stand sie nochmals auf und kippte das Ganze wieder, denn das mit den weißen Rändern gefiel ihr nicht mehr. Sie malte jetzt mit Weiß in den gerade aufgetragenen und noch feuchten, sanften Orangeton, so dass wieder eine Art Hautton oder Fleischton entstand, was sie nicht gerade entzückte, aber alles in allem war es besser.

Dennoch überlegte sie, ob sie nicht die verbliebenen weißen Plätze mit Grün oder Braun, die schon sparsam im Bild waren, übermalen sollte. Jedoch wäre das Bild dann wieder zugemalt. Es blieb schwierig. Oder auf das Weiß grau? Oder Dunkelblaulila, was dem Bild vielleicht eine nötige Tiefe geben könnte?

Nein, das war es nicht. Dunkellila ging überhaupt nicht, es war zu streng und mysteriös für das Bild. Helllila ging auch nicht, das hatte sie ja schon mal aufgetragen und übermalt.
Oder lag es vielleicht doch an dem Hellblau? Das hatte sie bislang unangetastet gelassen, auch im Denken, aber jetzt kam es ihr so vor, als wenn es doch ersetzt werden könnte und zwar durch Grün, wenn es ihr gelänge, ein schönes zu mischen.
Sie würde es auf jeden Fall probieren.

Wieder gemalt bis zum Umfallen und in der Nacht nochmal aufgestanden und weiter verändert. Oft dachte sie, sie hätte die Farbe gefunden, die den Ausschlag geben würde, aber dann war dem doch nicht so, und sie musste weitersuchen.
Schon seit einem Monat suchte sie unablässig und war manches Mal davor, die Leinwand abzutackern, zusammen zu falten und zum

Recyclinghof zu bringen. Doch sie raffte sich immer wieder auf. Ihrer Meinung nach fehlte eine Farbe, die sie nicht fand, obwohl sie schon „tausende" ausprobiert hatte.

Inzwischen hatte sie Grün aufgetragen, dass vielleicht eine Idee zu dunkel war. Es kam ihr vor, als hätte sie Vegetation in das Bild gebracht und atmete in der grünen Lunge tief ein. Sie hatte drei hellblaue, größere Flecken gelassen, die sie an Seen erinnerten. Sie hatte auch kleine, fliederfarbene Bereiche geschaffen, und auch das Zitronengelb verströmte sein Licht wieder. Irgendetwas störte jedoch in der unvollendeten Harmonie. Zur Harmonie gehörte auch ein Ausgleich, der aus der anderen Richtung kam, ein Kontrast? Sie dachte an Magenta, das sie vollkommen ausgelöscht hatte, denn das Bild war einmal voll davon gewesen. Vielleicht sollte sie es an einigen Stellen aktivieren. Nein, in ihrer Vorstellung stimmte es nicht mit den anderen Rottönen überein. Die Farbe, die sie suchte, war unauffindbar. Und sie wollte nicht schon wieder in Weiß einsteigen. Weiß musste immer für alles herhalten. Und schwarz? Das war natürlich sehr hart, jedoch würde es im Grunde zu allen aufgetragenen Farben passen. Aber das würde das Bild in eine ganz andere Kategorie heben, die *sie vielleicht nicht wollte? Nein, wollte sie nicht. Vielleicht den Grünton verändern in Richtung Blaugrün?*

In der Nacht fiel ihr ein, dass sie das Grün und das Hellblau entschärfen könnte. Sie suchte nach einer Verbesserung, weil etwas für sie in dem Bild nicht stimmte, daher stand sie wieder auf und trug auf das starke, eher dunkle Grün nun ein Olivgrün auf und das Hellblau wurde Flieder. Somit hatte sich das Bild beruhigt. Aber war es jetzt zu milde?

Halluzination 8 Dalai Lama

Sie dachte an eine Halluzination, die wohl schon 10 Jahre zurückliegen mochte, die jedoch ab und zu hochkam und ihr immer häufiger unangenehm aufstieß,
Der Dalai Lama stand plötzlich in völliger Klarheit vor ihr, etwa drei Meter entfernt und winkte sie zu sich. Sie war keine Buddhistin und sah sich um, ob er vielleicht eine andere Person meinte, aber nein, er winkte abermals und

heftiger, wie eine Autorität, die wollte, dass das Kind gehorchte und zu ihm kam. Sie ging also in diesem Gehorsamszwang gegenüber der Autorität auf ihn zu, als sie vor ihm stand, streckte er seine Hand aus, in der sich Wasser befand, das sollte sie trinken. Wieder hatte sie eine Hemmung und wollte nicht, aber er insistierte und so trank bzw. schlürfte sie das Wasser, saugte es in ihren Mund hoch. Seltsamerweise versiegte das Wasser nicht, solange nicht, bis sie aufhörte zu trinken. Dann gab es eine unklare Situation. Als wenn jemand ihr ein Tuch oder eine Decke umlegte. Sie fühlte sich plötzlich mutterseelenallein, denn der Dalai Lama und ein weiterer Mann spotteten über sie, lachten sie aus und gingen weg, nachdem sie sie in die Gosse geworfen hatten, in den Dreck gezogen, missbraucht.

Ab und zu kam die Erinnerung an diesen „Besuch" des Dalai Lama hoch und machte sie mit jedem Mal wütender bis sie die beiden Männer gestern Nacht erschoss, ihnen in den Rücken schoss.

Seltsamerweise traf sie in einem Geschäft auf einen sitzenden, dunklen Buddha. Sie kaufte ihn spontan und stellte ihn auf ihren Schreibtisch, auf dem   Halbedelsteine   lagen,   den   milchig *transparenten, hellblauen (hellblau-rosa schimmernd) Opalith legte sie vor ihn auf einer hellblauen Karte mit einer rosa Seerose darauf.*

Der eine der Erschossenen wurde durch einen Strauß Weidenkätzchen ersetzt und der andere durch eine blühende Topfpflanze.

Auch sie stellte sie zu dem Buddha, den sie hingestellt hatte, nicht weil sie Buddhistin wäre, sondern weil er Ruhe verströmte, auf Ruhe und Gelassenheit und Loslösung hinwies und dafür stand.

Sie ging dann doch nochmal an die Staffelei bzw. daran, das Bild nochmals zu verändern, denn es stach in dem harmonisierten Bild nun das Zitronengelb zu machtvoll heraus, deshalb übermalte sie es mit dem indisch Gelb, das einen angenehmen Ton entwickelte, weil es auf ein helles Gelb aufgetragen wurde. Nun war aber wirklich alles getan.

Doch dann stellte sich heraus, dass es ganz das Gegenteil von fertig war, denn sie trug jetzt auf den Fliederton wieder Hellblau auf. Sie hatte weiter gemalt, das ganze Paket wieder aufgemacht. Den Fliederton übermalt mit Hellblau! Das hatte Konsequenzen, jetzt würde auch Dunkelblau folgen und Dunkelgrün und vielleicht sogar ein Dunkelrot. So war es zu seicht, zu lahm, zu müde, zwar befriedet, harmonisiert, aber leblos, deswegen musste sie von neuem beginnen, loslegen. Uff. Was für eine Galeere.

Halluzination 9 Verzweifelte alte Frau

Sie sah eine ältere, sitzende Frau mit langem Rock und Kopftuch, den Kopf nach vorne gebeugt, die sich ein Taschentuch vor die Nase hielt, denn sie weinte. Sie war verzweifelt, trauerte um einen verlorenen Menschen. Es kam ihr vor wie ein Bild aus einem anderen Jahrhundert. Vielleicht auf dem Bauernhof ihre Eltern und Großeltern und deren Großeltern....

Sie glaubte, dass sie das Bild nun endgültig fertig hätte. Es gefiel ihr sehr. Mit dem Weinrot und Rosa, dem Hellblau und Dunkelblau, dem Gelb, *dem Orange und dem Olivgrün. Es war perfekt. Das merkte sie auch daran, dass sie jetzt ihre Initialen links unten mit Rosa auf Weinrot setzte. Das waren wohl auch die Farben gewesen, die sie in einem so langen Prozess gesucht hatte.*

Pierre

Aber schön hatte sie Pierre gefunden, als sie ihn das erste und einzige Mal traf. Schuft hin Schuft her. Es dauerte deswegen nicht lange, bis sie ihm auf seine Frage, wie sie heute gekleidet sei, antwortete, dass sie einen schwarzen Mantel trage. Er begehrte ein Foto, aber sie schrieb ihm, dass der Mantel nicht fotogen sei. Etwas später schrieb sie, er möge sich vorstellen, dass sie unter dem Mantel nackt sei, und er antwortete, dass er ihren schwarzen Mantel öffne und hineingleite und die Nacht dort verbringe, sie antwortete, dass sie ihn empfange. Sie waren wieder in ihrem poetischen, herzergreifenden Spiel, und wer wusste schon über die Zukunft Bescheid, ob sie sich nicht doch noch ein zweites und drittes Mal sehen würden und sogar noch viele Male? Da erreichte sie am nächsten Morgen seine Antwortmail, in der er schrieb, dass er sie mit Küssen ankleide, denn sie hatte zuvor geschrieben, dass sie sich vor ihm anziehe und etwas später, dass er sie daran hindern würde.

Er war doch zu süß.....Wenn das nicht Liebe war! Sie schrieben sich auch ganz Alltägliches, nahmen am Leben des anderen teil, wenn auch nur schriftlich, aber vielleicht mehr und intensiver als Paare, die den Partner, die Partnerin immer zur Verfügung hatten. Aber sie wollte nicht übertreiben......Jedenfalls war der Kelch noch nicht leer getrunken....

Sie schickte ihm sogar die letzte Fassung ihres Bildes, dass sie nun für fertig hielt und er schrieb, er finde, dass die Farben positiv und ausgeglichen wirkten.

Es war gut, dass sie nicht übertrieb, denn urplötzlich meldete sich ihr Pierre nicht mehr und sie fragte sich, ob er nicht noch andere Brieffreundschaften pflegte und neben ihr gepflegt hatte?

Die Wahrheit würde sie nie herausfinden, sie wusste nur, dass auch Paare, die zusammenlebten, sich betrogen und manchmal ein Partner, eine Partnerin aus allen Wolken fiel, wenn er, sie erfuhr, dass der Betrug schon jahrelang *andauerte…Dennoch hatte sie die Nase gestrichen voll! Vom ganzen Leben?*

Die Stimmen

Die Stimmen krochen aus diesem Loch, in das sie gefallen war, hervor. Sie versuchten sich Gehör zu verschaffen. Das war gefährlich. Deshalb versuchte sie es mit Ablenkung und sah sich im TV „Babylon Berlin" an. Der Zusammenbruch der Weltwirtshaft im Jahre 1929 mit der von ihr ausgelösten Arbeitslosigkeit, die die Leute auf die Straße trieb und zwang in einen Konkurrenzkampf um eine noch so geringe Arbeit zu treten, ließ sie skrupellos werden. Und nicht nur sie, auch die politischen Parteien und Organisationen in der alles andere als gefestigten Weimarer Republik schoben sich die Schuld an der Misere in die Schuhe und hetzten gegeneinander, mit dabei die aufstrebende nationalsozialistische Partei und gingen dabei über die Leichen…

Meine Güte nochmal! Würde sie aus ihrem Loch wieder herausfinden? Würde sie die Stimmen ersticken können, von denen sie nicht wusste,

woher sie kamen? Waren es Schuldgefühle? Die
vielleicht schon ihre Ahnen gehabt hatten?
Wie sollte sie all die Fragen beantworten können?

Sie griff zu einer neuen Leinwand, um ins
Vergessen einzutauchen....

Pierre

Plötzlich hörte sie das Geräusch, dass eine mail
angekommen war. Pierre wünschte ihr eine gute
Nacht, in der einer in dem anderen versank. Sie
konnte nicht anders als reagieren und schrieb,
dass sie sich nichts Schöneres wünschen könnte
als wie er schrieb, einer in dem anderen.

Am Morgen schickte er ihr ein Foto mit roten
Rosen.
Dann wieder gar nichts.
Schließlich eine mail, in der er schrieb, dass es
ihm leid täte, dass er sich so lange nicht gemeldet
hätte.

In der Nacht wachte sie oft auf, musste jedes Mal
auf Toilette, bestimmt fünf Mal, danach konnte sie

zwei, drei Stunden gar nicht wieder einschlafen und dachte seltsamerweise an den Apfelbaum aus ihrer Halluzination mit dem kleinen, weinenden Mädchen und daran, dass im Garten des Hauses ihrer Mutter ein alter Apfelbaum stand.

Sie wusste nicht warum, aber sie fragte sich, ob das kleine, weinende Mädchen nicht ihre Mutter sein könnte, die zusammen mit deren Mutter den Apfelbaum gepflanzt und rundherum auf den Wurzeln die Kinderknochen begraben hatte. Vielleicht waren es die Knochen eines kleinen Mädchens, das sich durch einen möglichen Missbrauch seines Vaters und Großvaters - sie wohnten ja alle in der derselben Wohnung - , die sich an ihr vergangen haben mochten, wie getötet empfand, seelenlos, trostlos, war, nur noch weinte.

Sie seufzte, wer weiß wie lange der Missbrauch zurückging, vielleicht hatten schon ihren Ahninnen damit zu kämpfen, denn niemandem schien um die damit einhergehende Zerstörung der Seele zu wissen oder das wissen zu wollen oder es wurde unter den Teppich gekehrt, von strafrechtlicher Verfolgung keine Spur. Sie erinnerte sich auch daran, dass eine ihrer

Schwestern, so hieß es, nachts fürchterlich schrie, weil sie, wie sie behauptete, einen Mann an ihrem Bett gesehen hätte. Ein Arztbesuch deswegen war erfolglos   aber nicht der Besuch bei einer mysteriösen Naturheilkundlerin, die der Schwester eine Glaskugel in die Hand gegeben hatte, in der sie die ganze Welt, alles, habe sehen können. Daraufhin hörte das nächtliche Schreien der Schwester auf.

Sie wachte spät am Morgen auf, natürlich, weil sie solange in der Nacht wach gelegen und kreuz und quer gedacht hatte, Gefühle und Gedanken hochgekommen waren, bis sie erschöpft und vielleicht auch erleichtert wieder einschlief.

Pierre

Sie zog sich ein Kleid an, was selten war und machte ein Foto für Pierre, der eine Frau im Kleid schätzte wie wahrscheinlich viele Männer. Aber sie selbst trug auch zuweilen gerne einen Rock oder ein Kleid, es fühlte sich einfach leicht und gut an den Beinen an.
Sie konnte Pierre nichts nachtragen wie früher. Stimmte das? Denn sie löschte wieder Fotos von ihm, da er abermals untergetaucht war wie schon

häufig in der letzten Zeit, worunter sie jedes Mal besonders litt, weil sich die Stimmen mit ihren Anmaßungen genau dann in die Lücke schlichen und triumphierten

Die Stimmen

Die Stimmen waren das wirklich Gefährliche. Sie hoben sie aus den Angeln, schleuderten sie aus dem Sitz, woraufhin sie mit dem Kopf wackelte und zur Marionette wurde....

Aber manchmal konnten auch kleine Sequenzen im Alltag sie aus dem Gleichgewicht bringen, wie etwa dieser Tage, als sie unterwegs kurz eine Kirche betreten wollte. Sie öffnete die Tür, auf der anderen Seite stand ein Mann, der nach draußen wollte. Die Gemengelage war offenbar kompliziert, schließlich ließ sie ihm den Vortritt. Nachdem er durch die Tür gegangen war, ging sie hindurch und sagte: „Das sind die Männer von heute". Dann zündete sie ein Teelicht an, als sie dieses in der Hand hielt, war der Mann plötzlich wieder da und sagte, dass er ein freundlicher Mann sei, er bräuchte sich so etwas nicht sagen lassen, duzte sie plötzlich und sagte aggressiv:" Schon gar nicht von dir!" Er ging zur Tür und sie sagte ihm hinterher: „Da sieht man's". Er: „Lass dich begraben!" Das Teelicht zitterte in ihrer Hand. Sie stellte es in den Sand und fragte sich, warum der vielleicht 30 jährige Mann so aggressiv geworden war. Unten diesen Umständen verließ sie sofort die Kirche, ging dann aber nochmals zurück, um sich die Türverhältnisse nochmals anzusehen und um das Geld für die Kerze in den Schlitz zu werfen, das hatte sie im Eifer des Gefechts vergessen. Danach ging sie auf Toilette, als sie zurückkam, erlebte sie an der Tür, wenn auch einer anderen, nochmals mit einem anderen, etwa 50 jährigen Mann genau dieselbe Situation, nur dass es keine Verwirrung gab, denn der Mann wartete ruhig und gelassen bis sie durch war. Sie dachte darüber nach und befand, dass ihr Zögern beim ersten Mal die Verwirrung gestiftet hatte, der Mann hatte vielleicht nicht gewusst, was sie wollte, wollte sie ihn durchlassen oder wollte sie als erste durch. Im Nachhinein fand sie es auch nicht richtig von sich, den Mann als ersten durchzulassen und dann den Spruch abzulassen: Das sind die Männer von heute. Gut, das war ihr Fehler. Trotzdem erstaunte sie die Aggressivität des Mannes und sie fragte sich, ob er aus Thüringen oder Sachsen gekommen war. Das war schon wieder ein Fehler.

Lass dich begraben! Sie musste aufpassen, dass diese Stimme sie nicht zusammen mit anderen verfolgte und sie fertig machte, sie tatsächlich ins Grab stieß

Erschütternde Nachricht von Phillipe, die sie zusätzlich aus der Bahn warf:
Im Krankenhaus, 7 Tage Intensivstation, Magen vollständig entfernt, auch die Milz, ein Stück von der Speiseröhre, ein Stück von der Bauchspeicheldrüse und 20 Lymphknoten. 2 davon befallen. Wahrscheinlich nochmal Chemo. Heute mit dem Gehen begonnen. Habe Hilfe.

Pierre

Sie schrieb Pierre davon, er antwortete:
Dreckskrankheit ohne viel Hoffnung.
Womit er wohl recht hatte, trotzdem erstaunte sie die Wortwahl.
Umarmen wollte er sie nicht, worum sie ihn, in ihren traurigen Gefühlen verhangen, gebeten hatte. Er schrieb nur, dass sie eine schlechte Zeit hätte. Vielleicht war es gut so, dass er sie nicht umarmen wollte, um sie zu trösten und zu wärmen, denn sie identifizierte sich zu sehr mit dem kranken Bruder, dabei müsste sie lernen sich abzugrenzen, auch von ihren Stimmen. Aber seine Reaktion kam ihr trotzdem sehr hart vor und

stimmte sie betrübt, sogar etwas misstrauisch. Wollte er partout einer Warmherzigkeit aus dem Wege gehen, sie nicht zulassen, ein gefühlsmäßiges Band zwischen ihnen?

Zum Abend hin schrieb Pierre:

Guten Abend mein Herz, ich komme zu dir unter deine Bettdecke, um mit dir die Nacht zu verbringen.

Sie war entzückt, doch dann tauchte er wieder unter, und sie fühlte sich wieder verlassen.

Sie versuchte, ihn mit ihrer Liebe wieder hervorzulocken. Aber er reagierte nicht auf ihre Liebesmail, er blieb untergetaucht, es war nicht das erste Mal, schon viele Male war er plötzlich abgetaucht. Sie hatte es immer hingenommen, aber einmal war es eben zu viel, und brachte das Fass zum Überlaufen.
Wenn sie ihm ein simples „Gute Nacht" geschrieben hätte und sie ohne Antwort geblieben wäre, hätte sie das nicht als schlimm erachtet. Jedoch hatte sie ihm angeboten, die Nacht mit einander zu verbringen und ein Herz vollkommen rot von Liebe mitgeschickt. Daraufhin hatte sie keine Antwort bekommen, als sie nach zwei verflossenen Stunden nachfragte, ob er da sei, erhielt sie immer noch keine Nachricht. Sie machte sich einerseits Sorgen, denn es konnte ja

auch etwas passiert sein, andererseits löste sein Schweigen Verzweiflung in ihr aus, und sie fragte nach einer weiteren Stunde erfolglos nochmals nach, zuletzt um 24.00 Uhr.

Sie spürte, wie Wut in ihr aufstieg, sogar Hass.
Sie erschrak, denn das war das Ende vom Anfang: Hass.

Sie erklärte ihm in ihrer Mail ihre Enttäuschung, dass sie sein Spiel als erniedrigend empfinde und dass sie ihn dafür hasse.

Als wenn er nur darauf gewartet hätte, schob er ihr den schwarzen Peter hin und schrieb, dass er antworte, wann er es wolle und nicht, wann sie es erwarte. Wenn sie darunter leide, dass er sich nicht melde, sei das ihr Problem. Er fühle sich von ihr belästigt und überwacht. Sie interessiere ihn nicht mehr und sei für ihn gestorben. Adieu.

Wo Hass ist, war einmal Liebe. Wo Tod ist, war einmal Leben.

Sie erklärte nochmals ihr Verhalten und schrieb dann, dass, wenn er sich belästigt und überwacht fühle, dann sei das sehr schlimm, und daraus folgere sie für sich, dass sie sein Adieu selbstverständlich akzeptiere.

Er antwortete, dass er vielleicht zu brutal gewesen sei und sich dafür entschuldige, aber er sei der Meinung, dass sie sich gegenseitig wehtäten, weil sie nicht auf derselben Wellenlänge seien. Es sei besser, wenn sie einen Schlussstrich zögen.

Sie antwortete, dass es für sie neu sei, dass sie nicht auf derselben Wellenlänge seien, jedenfalls habe er sich so noch nicht ausgedrückt, aber wenn das für ihn so sei und er das, was sie aufgebaut hätten, stoppen möchte, so akzeptiere sie das.
Aber dann schrieb sie in einer zweiten Mail, ob sie nicht vielleicht doch Kontakt halten könnten bis zu einem neuen Wiedersehen, vielleicht in zwei Monaten und sich bis dahin weniger schrieben, vielleicht nur morgens und/oder abends?

Er antwortete, dass er ihren Vorschlag nicht verstünde. Es wäre für ihn eine Verpflichtung, auf die er keine Lust habe. Und: Warum mit der Beziehung fortfahren, wenn er nicht verliebt sei?
Das traf sie hart.

Sie erschrak sich so sehr über die Demütigung und Erniedrigung, dass sie sich für einen Moment, außerhalb der Wohnung sah, außerhalb des bodenlangen Fensters, sie stand draußen auf dem schmalen Fenstersims, hielt sich noch an der Wand fest. Das durfte doch nicht wahr sein, dass sie sich umbringen wollte! Das Wort „Verpflichtung" verfolgte sie, die Aussage "Ich bin nicht verliebt". Warum hatte er es nicht gleich gesagt?! Stattdessen bekam sie noch vor kurzem morgens ein Foto mit roten Rosen und abends die Mail: „Guten Abend mein Herz, ich komme zu dir unter deine Bettdecke, um mit dir die Nacht zu verbringen!" Danach kamen die bösen Mails. Und jetzt stand sie auf dem Fenstersims.....

Jetzt hatte er offenbar das Bedürfnis, etwas loszuwerden, denn er schrieb nochmals.

Sie hätte doch merken müssen, dass er sie nicht liebe, dass er das nur gesagt habe, damit sie mit ihm die erotischen Mails und Fotos austausche.

Sie habe ihn ja quasi unter Druck gesetzt, ihr zu sagen, dass er sie liebe, ohne dem wäre der erotische Austausch ja nicht zustande gekommen. Aber um dieses Vergnügen hätte er sich nicht bringen wollen.

Er sei versessen darauf gewesen, dass sie anbeiße, denn er sei ein Mann. Es sei ihm unmissverständlich nur um sein Vergnügen gegangen. Er habe nun die Nase voll, sich ihretwegen zu verbiegen und werde sein Vergnügen woanders suchen.

Er wolle ihr mit der Wahrheit nicht wehtun, wünsche ihr das Beste und nehme sie sogar zum Schluss in die Arme.

Aber da sei noch etwas zuguterletzt, nämlich wieso sie ihn eigentlich nie gefragt habe, ob er jemanden hätte?

Ein Typ wie er, da könne sie doch nicht im Ernst davon ausgegangen sein, dass er alleine lebe? Sie habe ihn doch jetzt einmal getroffen und gesehen, was für ein toller Hecht er sei im Gegensatz zu ihr, die ihm vorgekommen sei wie ein hässliches Entlein. Er habe sich regelrecht erschrocken, weil er sie so hässlich gefunden habe. Er sei froh, dass sie ihm nur Fotos ohne ihr Gesicht geschickt habe, auf das könnte er nämlich verzichten, es sei eine Zumutung.

Sie habe doch wohl nicht erwartet, dass er mit offenen Karten spiele? In einer Zeit, wo das niemand mehr täte, sondern alle mit mehreren Identitäten unterwegs seien. Ob sie denn nicht in dieser Welt ihr zu Hause gefunden habe? Er sei enttäuscht von so viel Naivität und Dummheit.....

Sie las die mail nicht weiter, sie löschte sie. Was nahm dieser Kerl sich heraus. Das war nicht ihr Pierre. Ihr kam der Gedanke, dass sich vielleicht eine ihrer Stimmen als Pierre verkleidet haben könnte, um sie mit einer geballten Ladung von Ablehnung und Verachtung zu zerstören.

Aber vielleiht war es doch ihr Pierre, denn das würde sein Abtauchen erklären, weil er jemanden hatte, wenn er mit ihr oder ihm zusammen war, tauchte er unter, und wenn er wieder alleine war, der oder die vielleicht beschäftigt war, tauchte er wieder auf.

Die Stimmen

Sie hörte die triumphierenden Stimmen, die sie auslachten, weil sie verloren hatte, weil sie nun wieder alleine war, und weil sie sich lächerlich gemacht hatte, weil sie geglaubt hatte, man könnte sie doch lieben....aber sie war keine, die man lieben konnte, sondern nur eine Vergewaltigte und Missbrauchte, der man es im Gesicht ablas, die man immer missbrauchen würde, hahaha, die Stimmen lachten sie aus, das Lachen wurde lauter, so dass sie sich die Ohren zuhielt, aber dennoch drang insbesondere eine Stimme zu ihr durch, die ihr jetzt ans Leben wollte....

Bevor sie zum Wohnhaus ihrer Mutter ging, um der Stimme zu beweisen, dass sie im Unrecht war, erinnerte sie sich noch an den Titelsong aus Babylon Berlin, geschrieben von Tom Tykwer u.a.. Im Film gesungen von der Severija Janusauskaite, die es als Swetlana auf der Bühne in androgyner Aufmachung des Nachtclubs Moka Efti singt:

Zu Asche, zu Staub
Dem Licht geraubt
Doch noch nicht jetzt

Wunder warten bis zuletzt
Ozean der Zeit
Ewiges Gesetz
Zu Asche, zu Staub
Zu Asche
Doch noch nicht jetzt
....

Ende der Tagebuchaufzeichnungen

Antoine

Antoine wunderte sich, dass Mireille ihr Tagebuch in der 3. Person geschrieben und stark strukturiert hatte. Vielleicht wollte sie später in ihrem Tagebuch das eine und andere wiederfinden, denn die Entwicklung ihres Bildes ging mit der Entwicklung ihrer Beziehung zu Pierre durcheinander, sie würde in dieser Verquickung nichts wiederfinden, wenn sie etwas Bestimmtes suchen würde, daher wahrscheinlich die Titel. Einen anderen Grund konnte er sich nicht vorstellen, obwohl, so fiel es ihm ein, auch einige ihrer Bilder waren sehr strukturiert.

Er wunderte sich darüber, dass Mireille ihren Geliebten persönlich getroffen hatte, wenn auch nur einmal und dass sie so viel gelitten hatte. Das Ende ihrer Beziehung schien ihm schrecklich. Er war verwirrt. Er wusste auch nicht, dass sie, wenn auch spärlichen, aber immerhin Kontakt zu ihrem Bruder Phillipe hatte. Auch ihre Halluzinationen erstaunten ihn. Am meisten verblüfften ihn ihre erotischen Mails und er war fast ein bisschen neidisch. Er war gespannt, das Bild zu sehen. Das würde er jedoch nach der Beerdigung von Mutter und Tochter machen, wenn Ruhe eingekehrt war und er sich sowieso um den Nachlass der beiden Frauen kümmern müsste, deren Tod ihm ans Herz griff.

Sein Blick fiel auf ein weißes Blatt auf dem Fußboden. Er bückte sich, um es aufzuheben, es hatte sich offenbar aus der Bindung gelöst, als Mireille noch daran schrieb und das sie offenbar zurück gelegt hatte, unter die Seiten geschoben. Da sie keine Seitenzahlen in ihrem Tagebuch verwendete, konnte er nicht sagen, wann sie die Halluzination 10, denn darum handelte es sich, so stand es oben auf dem Blatt: „Halluzination 10 Der Kreislauf von Leben und Tod", gehabt hatte.

Antoine las und stellte dabei überrascht fest, dass Mireille seltsamerweise diese Halluzination in der Ich-Form geschrieben hatte:

Halluzination 10 Der Kreislauf von Leben und Tod

Ich saß im Schneidersitz, im Meditationssitz einer Alten gegenüber, die sehr aufrecht saß, ebenfalls im Schneidersitz. Ich erschrak mich, da es wie ein

Spiegelbild war, ein sehr unangenehmes, denn die Frau war nicht nur alt, auch wenn sie ein glattes, feines Gesicht hatte, sondern sie trug auch ein hoch geschlossenes, schwarzes Kleid und hatte zudem die Haare vollkommen zurückgekämmt, hinten wahrscheinlich, denn das sah ich nicht, zu einem Nackenknoten gebunden und das Schlimmste: Sie lächelte nicht. Ich litt und war innerlich stark erschüttert, eine Angst kroch hoch, ich zitterte vor ihr und dachte: Was für eine fürchterliche Erscheinung!. Aber dann bewegte sich etwas in der steifen, sich gerade haltenden Frau. Ihr schwarzes Kleid öffnete sich vorne, ich sah eine weiße Bluse, die sich ebenfalls öffnete und teilweise den hellen, nackten, vorderen Oberkörper einer jüngeren Frau sehen ließ, jedoch nicht ihre vollen Brüste, sondern diese nur bis zu den Brustwarzen, die verborgen blieben. Sie war eine junge Frau, die herzlich lachte, sich an ihrem jungen Leben erfreute, eine große Lebenslust versprühte. Der Oberkörper war nicht gänzlich zu sehen, die Arme blieben bedeckt. Vorne war die Bluse wie ein V geöffnet, das zu einem Blumenkelch wurde, wie ich ihn einmal fotografiert hatte, als ich ganz nah an eine aufblühende Tulpe heranging, die von orangerötlicher und weißer Farbe war. Etwas

116

strömte, unsichtbar bleibend, aus dem Kelch heraus. Es wurde mir nicht klar, was es genau war. Vielleicht war es das Leben, das herausströmte. Denn dann schloss sich der Kelch, die junge Frau knöpfte ihre weiße Bluse zu und darüber knöpfte dann die alte Frau ihr schwarzes Kleid zu. Die Alte saß wieder im Schneidersitz unbeweglich wie eine Statue vor mir und sah mich an. War es ein prüfender Blick, der mich fragte, ob ich jetzt verstanden hätte, worum es ginge? Meinte sie damit die Vergänglichkeit allen Lebens, nicht nur dem Leben an sich, sondern auch der Lebensfülle, alles dessen, was einmal wichtig war, aber gelebt wurde und dadurch, dass es gelebt wurde, sich verbrauchte. Ja, das war furchtbar, weil es jedes Mal so weh tat, dass etwas nicht mehr war, was einmal war. Es passierte immerzu, fortwährend hauchte das Dasein, das der Freude, das der Lebenslust, das der Liebe, aber auch das der Qualen sein Leben aus und begann wieder von vorne, aber immer war schon sein Ende im Anfang so wie der Tod mit dem Leben bereits mitgegeben wurde, nur vergaß ich das.

Während dieser Gedanken schaute ich immer noch auf die alte Frau, die mir jetzt nicht eigentlich alt vorkam, meine Angst hatte sich zurückgezogen. Da beugte sich die alte Frau vornüber, so tief, dass nur noch ihr gewölbter, dunkler Rücken zu sehen war.

Antoine drehte das Blatt um und las auf der Rückseite, dass Philippe ihr geschrieben hatte, dass er inzwischen in der Wohnung herumlaufen könne, aber mehr auch nicht, es sei zu anstrengend. Dass Gott sei Dank die Krankenschwester zum Spritzen da gewesen sei, denn die Wunde hatte sich geöffnet und geblutet und die Drainage. Immer was Neues, schrieb er und fügte zwei Sonnen Smileys hinzu.
Sie antwortete ihm mit aufmunternden Worten, dass er ja erst seit 10 Tagen zu Hause sei und es wohl noch viel Zeit brauchen würde, bis alles wieder geheilt und gut sei. Sie schickte ein Glückskleeblatt mit und betende Hände.

Antoine legte verstört das Blatt zurück in das Tagebuch. Er bedauerte, dass er Mireille zwar besucht hatte, aber zu selten.

Juliette

Wie Antoine schon vermutet hatte, erschien niemand von den Geschwistern auf der Beerdigung der Mutter und der von Mireille, sie formulierten noch nicht einmal eine Ausrede. Sie hatten die Mutter ja auch nie besucht und umgekehrt die Mutter, als sie ihr Leben noch selbstständig führen konnte, hatte ihre Kinder bis auf Antoine auch nie besucht. Mireille war den Geschwistern mit ihren Psychosen und Stimmen unheimlich, sie hatten bis auf Phillipe darauf verzichtet, den Kontakt zu ihr zu suchen. Antoine hingegen war phasenweise Vertrauter der beiden Schwestern Flores und Mireille gewesen, vielleicht, weil sie spürten, dass er verschwiegen war. Seine Schwester Marie-Louise hingegen war ihm gegenüber eher verschlossen geblieben wie auch die beiden Brüder George und Philippe, obwohl Philippe ihn kürzlich eingeladen hatte, was er sonst nie getan hatte und Antoine glaubte, dass er sich auf seine Art hatte verabschieden wollen, vielleicht hoffte er auch, dass sich Antoine um seine Tochter kümmern würde, wenn er dem Krebs erlegen war. Antoine seufzte, er würde sehen.

Die Geschwister waren nicht da, jedoch drehte sich Antoine unwillkürlich um, als müsste da vielleicht doch noch jemand gekommen sein.

Er traute seinen Augen nicht, denn in der Tat stand hinter ihm wie ein Schatten eine hoch gewachsene, schmale Frau in einem schwarzen Wollmantel doppelreihig geknöpft. Sie trug sogar einen Hut mit genopptem Schleier. Er drehte sich wieder zurück, blieb jedoch innerlich mit der Unbekannten beschäftigt.

Schließlich gab er sich einen Ruck, entschuldigte sich und fragte sie nach ihrer Beziehung zu den beiden Toten.

Sie hob ihren Schleier und Antoine blickte in ein blasses, längliches Gesicht mit großen, dunklen Augen.

Es schien Antoine, als wenn er in dem fremden Gesicht eine gewisse Ähnlichkeit mit der Mutter entdeckte. Aber die Mutter konnte doch unmöglich noch ein Kind gezeugt haben, dann wären sie ja schon sieben? Da fiel ihm plötzlich die Reise der Mutter in eine fremde Stadt ein, von der niemand in der Familie den Grund wusste. Wie sein Bruder George vermutete er, dass sie dort eine Abtreibung vorgenommen hatte, aber was, wenn nicht? Er erinnerte sich, dass ihm an der Mutter nie ein ausladender Schwangerschaftsbauch aufgefallen war. Allerdings war er noch klein und seine Wahrnehmung auf dieses Thema nicht geeicht, er nahm eher unbewusst war, dass seine Mutter etwas molliger geworden war und mir nichts dir nichts flutschte plötzlich ein Kind aus ihrem Körper. Er erinnerte sich jedoch nicht, ob sie bei ihrer Abreise auch rundlich gewesen war.

Die trauernde Frau sagte, dass sie in verwandtschaftlicher Beziehung zu den beiden Verstorbenen stünde, die eine sei ihre Schwester und die andere ihre Mutter. Antoine drückte sein Erstaunen aus und richtete einen fragenden Blick an sie. Sie heiße Juliette, begann sie und fragte ihn, ob sie nicht ein paar Schritte gehen wollten. Das war ihm recht, und sie betraten sogar ein Café in der Nähe.

„Juliette", wiederholte er stumm ihren Namen. Ihre Mutter habe sie direkt nach der Geburt als

Säugling zur Adoption frei gegeben. Es sei schade, dass sie nicht in ihrer leiblichen Familie aufgewachsen sei, aber sie hätte es nicht schlecht angetroffen und sehr fürsorgliche und liebevolle Adoptionseltern gehabt, die vor einigen Jahren verstorben seien, deren Eltern berühmte Widerstandskämpfer während der Besatzungszeit gewesen seien. Er würde ihre Namen sicherlich kennen. Sie sage das, um den Geist zu beschreiben, in dem sie erzogen wurde, denn auch ihre Adoptiveltern waren politisch, kritisch, engagiert, sie selbst engagiere sich bei Amnesty international und im Umweltschutz. Antoine dachte bei sich, dass es wohl gut für Juliette war, dass sie in der Familie, die sie beschrieb, aufgewachsen war, jedenfalls, wenn er sich das Leben seiner Geschwister betrachtete.

Allerdings, fuhr Juliette fort, habe das große politische Engagement ihrer Eltern, die keine eigenen Kinder hatten bekommen können und auch keine weiteren Adoptivkinder angenommen hatten, dazu geführt, dass sie sehr wenig Zeit für sie erübrigt hätten, so dass sie sich oft mutterseelenallein gefühlt hätte, nur mit ihren Schulbüchern zusammen gewesen sei. Sie hätte noch nicht einmal Kuscheltiere besessen, wahrscheinlich waren diese bei ihren intellektuellen Eltern verpönt oder sie hätten einfach nicht daran gedacht, dass ein Kind ein Bedürfnis hätten zu kuscheln.

Nach dem Abitur sei sie aus dem fast immer leeren Haus in eine politische Wohngemeinschaft gezogen, in der es jedoch oft ein Hauen und Stechen gab, weil die Mitbewohner und Mitbewohnerinnen verschiedenen politischen Strömungen angehörten und mit ihren Ansichten hart und eben oft unversöhnlich aufeinander trafen, es habe unter den Bewohnern auch viel Wechsel gegeben, aber sie habe dort ihren Mann kennengelernt, mit dem sie eine Familie gründete. Sie seien beide Lehrer geworden, sie hätten sogar an derselben Schule unterrichtet. Für sie sei es ein schwereres Brot gewesen, weil sie sich nicht so hätte durchsetzen können, aber für ihren Mann war es weniger schwer, er habe bis zuletzt durchgehalten, hingegen schied sie früher aus dem Schuldienst aus, auch weil sie an Brustkrebs erkrankt war, der aber nun schon viele Jahre hinter ihr läge.

Von weitem habe sie sich immer für das Leben ihrer leiblichen Mutter und deren Familie interessiert. Ihre Adoptiveltern hätten ihr schon früh erzählt, dass sie adoptiert sei und ihr auf ihren Wunsch hin, den Namen und die Adresse ihrer Mutter mitgeteilt. Sie habe aber keine Unruhe stiften wollen und sei deshalb nie in Erscheinung getreten, denn ihre leibliche Mutter hätte ja schließlich einen unumkehrbaren Entschluss gefasst und sie sofort nach der Geburt zur Adoption frei gegeben. Sie wüsste nicht einmal, ob sie von ihr nach der Geburt in den Armen gehalten wurde. Sicherlich nicht, dachte Antoine bei sich. Aber jetzt wollte sie die Tote doch in ihre Arme, in ihr Herz schließen, denn sie sei ihr ja entsprungen, habe ihr ihr Leben zu verdanken. Und jedes Leben sei für sich betrachtet nicht einfach. Sie jedenfalls wollte sich mit ihrem Besuch am Grab mit ihrer leiblichen Mutter versöhnen, denn es hatte ihr, obwohl sie ein gutes Lebens bei den Adoptiveltern gehabt hätte, doch wehgetan, sie verletzt, dass ihre leibliche Mutter sie einfach so hatte weggeben können, sie vielleicht noch nicht einmal angesehen hatte. Das Gefühl der Verletztheit sei ihr Leben lang geblieben. Zumal die Mutter auf ihre Briefe nie geantwortet habe. Aber jetzt, nach der Versöhnung, hoffe sie, die Wunde werde für immer heilen.

Ihre beiden Kinder studierten im Ausland. Mit ihrem Mann lebte sie in den letzten Jahren nur noch in freundschaftlicher Beziehung, denn er hatte sich in eine Kollegin verliebt und war zu ihr gezogen. Das sei keine Katastrophe für sie gewesen, denn sie hätten schon lange keine Liebesgefühle mehr füreinander gehabt, diese Gefühle waren im Laufe der Zeit abgestumpft und ihre sexuelle Beziehung erloschen. Daher habe es sie auch nicht gestört, dass er, während er noch bei ihr wohnte und sie freundschaftlich zusammen waren, mit der Kollegin, in die er sich verliebt hatte, eine Beziehung einging.

Antoine wunderte sich, ja er war geradezu irritiert, dass Juliette kein Blatt vor den Mund nahm und intime Dinge ausplauderte, sie waren zwar Bruder und Schwester, aber ja doch wie Fremde füreinander, da sie sich nie im Leben zuvor gesehen hatten. Er fragte sich, ob sie vielleicht das Bedürfnis habe, jemandem davon zu erzählen, weil es sie belastet hatte. Aber warum gerade ihm? Wahrscheinlich war das Zufall, hätte einer oder eine ihrer Geschwister am Grab gestanden, so hätte Juliette vermutlich dem- oder derjenigen ebenfalls ihre Geschichte erzählt. Er konzentrierte sich wieder aufs Zuhören und fragte nichts.

Leider sei ihr Exmann bei einem Autounfall ums Leben gekommen und nun auch schon länger unter der Erde, aber sie habe noch einmal neu angefangen und lebe in einer wunderbaren Beziehung, wofür sie großen Dank empfinde.

Sie entschuldigte sich bei Antoine, dass sie ihm eine gute Stunde seiner Zeit geraubt hätte, dankte ihm, dass er ihr zugehört habe und wollte auch jetzt nicht in seine Familie eindringen, sie würde sich nur als Fremdling fühlen, deshalb wollte sie ihm ihren herzlichen Dank ausdrücken und sich verabschieden.

Antoine schluckte. Er drückte beim Abschied wärmstens ihre Hände, denn zu sagen vermochte er nichts.

Nachdenklich ging er seines Weges. Er würde den verbliebenen beiden Geschwistern nichts von der Begegnung erzählen, warum sie so spät in ihrem Leben noch aufrütteln? Philippe hatte vielleicht noch ein halbes Jahr zu leben und George hatte sich wie sein Vogel in einen Käfig eingesperrt, wenn gleich ihn die Wahrheit vielleicht befriedigen würde, denn er hatte es vermutet.

Der leibliche Vater

Es war aber in dem Haus der Mutter nicht nur das Foto unbeschadet vom Feuer erhalten geblieben, sondern auch ein Brief, der an ihn, Antoine, adressiert war. Er erkannte schon an der Adresse die Handschrift seiner Mutter, der Brief musste also schon vor langer Zeit geschrieben worden sein, als sie dazu noch in der Lage gewesen war. Sie klärte ihn darin auf, dass sie nur ihn geliebt hätte, weil er das Kind des Mannes sei, den sie als einzigen geliebt hätte, das sei der Freund ihres Ehemanns gewesen. Ihre anderen Kinder seien ihr gleichgültig gewesen, denn die Ehe mit ihrem Vater, ihrem Ehemann, sei eine Qual gewesen. Er sei homosexuell gewesen und war die Ehe mit ihr nur eingegangen, um offiziell als normal zu gelten, auch die Kinder waren nur aus diesem Grund gezeugt worden, denn seine gehobene, berufliche Position und sein Ansehen hätten beständig auf dem Spiel gestanden. Deshalb zeugte er ein Kind nach dem anderen, um immer wieder vor aller Öffentlichkeit unter Beweis zu stellen, dass er ganz und gar normal sei.

Ohne dass es ihm bewusst ward, fischte Antoine nach einem Streichholz und zündete den Brief an. Warum die Geschwister aufregen? Und warum sich selbst aufregen? Es war doch besser, es blieb alles so wie es war.

Dennoch machte er sich alsbald auf die Suche nach seinem leiblichen Vater, den er schließlich ausfindig machte, der ihn aber nicht erkannte, wie auch, er selbst erkannte ihn sowieso auch nicht, zwei Fremde standen sich gegenüber. Er habe keinen Sohn, behauptete sein Vater und Antoine ließ ihn in dem Glauben, denn was brachte es, in dem alten Mann Mitte neunzig etwas aufzurühren, was er womöglich vergessen hatte, denn konnte man solange eine Liebe bewahren? Der Mann war auch nicht mehr in jedem Moment geistesgegenwärtig, die Wohnung begann zu verwahrlosen, es würde wahrscheinlich nicht mehr lange dauern, bis er ins Pflegeheim müsste. Aber dann fragte der Vater, wer sollte denn die Frau gewesen sein, mit der er einen Sohn, ihn, Antoine, der jetzt vor ihm stand, gezeugt hätte? Antoine gab sich einen Ruck und nannte ihren Namen. Er sah deutlich wie der Mann blass wurde, dann setzte er sich und bot Antoine mit einer Handbewegung einen Sessel an. Antoine setzte sich. Vielleicht hatte der Vater einen kurzen Erinnerungsschock erlitten. Er schwieg und Antoine glaubte, das Schweigen würde gar nicht mehr aufhören, als der Alte plötzlich sagte, dass es stimme, dass er diese Frau, seine Mutter, geliebt hätte, er habe sie nie vergessen, obwohl er oft im Land des Vergessens lebe. Er fragte nach ihrem Befinden, Antoine log und sagte, dass sie friedlich eingeschlafen sei, ihm jedoch vorher ihr Geheimnis mitgeteilt hätte. Das sei gut, sagte der Mann, dass es jetzt jedoch zu spät sei, mit ihm, dem Sohn, eine Beziehung zu knüpfen, denn er spüre, dass es bald vorbei sei auch mit ihm, er möge Verständnis dafür haben, wenn er die letzte, kurze Wegstrecke alleine verbringen wolle. Antoine war das nur recht, denn er empfand kein Vater-Sohn Gefühl und verabschiedete sich mit wohlmeinenden Worten. Die Tür der Altbauwohnung wurde hinter ihm geschlossen. Würde er wissen wollen, wie sein Vater gelebt hatte? Nein, er spürte dieses Verlangen nicht, nur Fremdheit und sogar Ablehnung, und das würde sich auf den letzten paar Metern auch nicht mehr ändern. Warum hatte er Ablehnung gespürt? War er eifersüchtig? Er hatte die Mutter schließlich ein Leben lang für sich gehabt. Ihm war kalt geworden. Was hatte er mit der Liebe zu tun, die die beiden für kurze Zeit verbunden hatte und dann von beiden unter Verschluss gehalten wurde? Nichts, befand er, rein gar nicht. Er fühlte sich wie aus der Zeit geworfen, wie aus der Zeit ausgelagert und fuhr wie ein Außerirdischer zurück in seine Stadt.

Dort wartete die Fahrkarte auf ihn.

Die Eisenbahn

Er setzte die Eisenbahn in Betrieb und schaute in ein Nichts, verloren auf die Wege, die die Züge nahmen. Er wurde immer steifer, stierte auf die kreisenden Bewegungen der Bahn, die hin- und zurückfuhren, durch einen Tunnel hindurch, hinein und hinaus, er fühlte sich in dem eintönigen Geräusch, das nie aufzuhören schien, wie geborgen. Aber plötzlich blieb alles stehen, die Eisenbahn konnte ohne leere Batterie nicht weiterfahren und war stehen geblieben, er selbst nahm wahr, dass er die Fahrkarte nach St. Petersburg in der Hand hielt, die er dicht vor seine Augen führte, während er sich in den Sessel vor dem Couchtisch zurücklehnte, und von eben auf jetzt ging auch sein Licht aus. Sein Herz blieb genauso urplötzlich stehen wie die Eisenbahn, deren Batterie leergelaufen war.

Monique

Monique, die Lebensgefährtin von Antoine, die bei ihrer alleinstehenden Schwester Anna vor den erschütternden Familienverhältnissen Antoines vorübergehend Zuflucht gesucht hatte, war tagsüber alleine, denn ihre Schwester war sehr viel jünger als sie und würde erst in einem Jahr in Rente gehen.

Sie wusste, dass man das nicht tat, aber sie öffnete doch Schublade um Schublade, mehr aus Langeweile, als dass sie etwas Bestimmtes suchte. In der obersten Schreibtischschublade lagen lose aufeinander gestapelt, in Handschrift verfasste Briefe. Sie wunderte sich, denn heutzutage schrieb doch niemand mehr Briefe, sondern kommunizierte über die sozialen Netzwerke. Sie war zwar schon 77, aber die neue Zeit war nicht an ihr vorbeigegangen, allerdings tummelte sie selbst sich nicht dort, aber doch hatte sie ihren Briefverkehr in einen Emailaustausch verwandelt. Immer noch mehr aus Langeweile, denn aus wirklichem Interesse, nahm sie die zuoberst liegenden Briefe heraus und legte sie auf den Schreibtisch. Sie setzte sich in den bequemen Stuhl, der davorstand und fragte sich, wieso ihre Schwester überhaupt einen Schreibtisch brauchte? Bestimmt war das ihrer Tätigkeit im Buchladen geschuldet, das sah sie auch daran, dass sich auf dem Tisch Bücher stapelten. Vielleicht musste sie diese alle lesen, um ihre Kunden beraten zu können, da machte sie sich vielleicht Notizen. Beim flüchtigen Draufschauen auf die Briefe, erweckten sie den Eindruck, als handle es sich um die Handschrift von Antoine, aber bei näherem Hinsehen gab es keinen Zweifel mehr.

Wieso gab es eine Korrespondenz zwischen den beiden? Ihr wurde unheimlich zu mute. Es waren Briefe sowohl von Antoine, aber auch die von Anna, die er ihr mit seinen immer mitgeschickt zu haben schien, wahrscheinlich, damit er sie nicht zu Hause aufbewahren müsste, wo sie vielleicht entdeckt würden, sich ein Schließfach zuzulegen, das hatte er wohl nicht für nötig gehalten. Sie hatte ihm ihre Briefe postlagernd geschickt.

Anna

Ihre Schwester Anna schrieb an Antoine, dass sie es nicht mehr aushielte, er möge seiner Lebensgefährtin, ihrer Schwester Monique, endlich reinen Wein einschenken. Sie beschrieb wie sehr sie darunter litt, dass alles geheim bleiben musste, dass er sich endlich entscheiden müsste. Antoines Lebensgefährtin Monique schluckte und bald liefen Tränen.

Antoine antwortete Anna, dass er sich nicht sicher sei, denn sie würde auf ihn instabil wirken, mal sei sie für die Beziehung, dann wieder nicht. Anna erklärte ihm, dass es daran läge, dass er es sei, der hin- und herschwankte, nicht wüsste, was er wolle und das bewirke bei ihr ein ebensolches Schwanken, ein Hin und Her.

Antoine fand, dass das eine Jahr, das ihr Verhältnis andauerte, noch nicht ausreiche, um sich für sie zu entscheiden, er müsste sie erst noch tiefergehend kennen lernen. Sie hätten ja wenig Zeit dazu. Aber begehren würde er sie, da gäbe es kein Schwanken, sogar mehr als 24 Stunden am Tag. Er sei vernarrt in ihre langen Beine, in ihre Oberschenkel, die die Haut einer Dreißigjährigen hätten. Er liebe ihr gemeinsames Ritual unter der Dusche, ihre Hingabe und Direktheit. Sie schrieb ihm, dass er gemein sei, er würde sie nur ausnutzen, statt Farbe zu bekennen. Sie fand, dass es ihm egal sei, wie es ihr gehe, er denke nur daran, dass seine Lebensgemeinschaft keinen Schaden nehme, dass er und ihre Schwester, sich wohlfühlten, er nehme in Kauf, dass es auf ihre Kosten gehe.

Er schrieb ihr, solange er sich nicht sicher sei, und er zweifle immer mehr, denn sie würden sich ja bereits streiten, wolle er seine Partnerin nicht verunsichern, indem er ihr von ihrem Verhältnis ezählte. Seine Liebe zu ihr habe sich durch ihre Eifersucht und ihre Besitzansprüche an ihn abgekühlt, er müsse zugeben, dass sich seine Liebe zu ihr nicht mehr so anfühle wie anfangs, jedoch würde er sie aufrichtig respektieren und würde sich nach wie vor gerne mit ihr unter der Bettdecke amüsieren wollen. Das sei der Platz, den er ihr anbieten könnte. Diesbezüglich hätte er auch keinerlei Schuldgefühle gegenüber seiner Frau, ihrer Schwester, denn sie müsste nach wie vor auf nichts verzichten, und da sie seit Jahren keine sexuelle Beziehung möchte, sie ablehne, weil sie keine Lust mehr verspüre und es ihr weh tue, wie sie sagt und dass dies wegen ihres Alters so sei, nehme er ihr nichts weg, wenn er diesen Teil nun mit ihr auslebe. Auch sie, Anna, müsse sich also keine Vorwürfe machen. Das wäre nur gegeben, wenn er mit seiner Frau noch ein sexuelles Verhältnis haben würde, dann würde er Schuld empfinden, aber die Situation sei eben anders und im Übrigen würde er sie so oder so nicht verlassen. Wenn seine Frau sein Verhältnis mit ihr entdecken würde und von selbst gehen wolle, wäre das etwas anderes. Aber wahrscheinlich würde sie es nicht machen, denn wo sollte sie denn hin in ihrem Alter. Wenn sie vor ihm stürbe, möge Anna sich keine Hoffnung machen, dass er mit ihr zusammenzöge, er würde nie mit ihr zusammenziehen wollen, er würde in dem Fall bevorzugen, dass jeder seine eigene Wohnung hätte. Denn durch das Zusammenleben in einer Wohnung, würde man sich bald überdrüssig werden.

Anna war es in dem offensichtlich letzten Brief leid, denn sie schrieb, dass sie sich unter diesen Umständen von ihm trennen wolle. Antoine antewortete ihr, dass er sie verstehen könne und dass ihre Entscheidung vernünftig sei, deshalb wolle er sie akzeptieren, sie solle aber wissen, dass er weiterhin Lust auf sie hätte und jederzeit für ein Liebesspiel unter ihrer Bettdecke disponibel sei.

In ihrer Wut hatte Anna einen nicht abgeschickten Brief obenauf gelegt, auf dem stand nur ein einziges Wort „Miststück!"

Monique

Monique trocknete ihren letzten, spärlichen Tränenfluss. Für Anna mochte die Sache natürlicherweise anders aussehen, aber für sie war Antoine ein feiner Kerl, auch nachdem sie gelesen hatte, was sie gelesen hatte, denn vor allem war für sie wichtig, dass er sie nicht verlassen würde, sogar, und da zog sich ein Lächeln über ihr Gesicht, sogar nach ihrem Tod nicht. Allerdings, wäre dasselbe passiert, als sie noch in ihren besten Jahren war, in denen sie ungetrübtes Begehren und große Lust gespürt hatte, würde es anders ausgesehen haben. In dem Fall hätte sie sich mit Antoine gewaltig gestritten, vielleicht wäre sie sogar gewalttätig geworden, denn immerhin hatte sie schon einmal einen Mann, ihren ersten Ehemann, verlassen, weil er sie betrog. Verlassen hätte sie Antoine nicht, der wirklich rundherum fürsorglich und für sie da war, aber sie wäre ganz bestimmt aggressiv geworden, mehr wollte sie sich gar nicht vorstellen, denn der Fall jetzt lag nun einmal anders.

Sie legte die Briefe sorgfältig in die Schublade zurück und merkte nicht, dass aus einem der Briefe etwas heraus gefallen war. Dann schrieb sie an ihre Schwester, der sie im Übrigen immer misstraut hatte, auf einen Zettel, dass sie wieder zu Antoine gehe, er würde sie brauchen. Nicht, dass sie irgendetwas geahnt hätte, aber sie brachte ihrer Schwester grundsätzlich Misstrauen entgegen, Misstrauen und Angst, warum das so war, hatte sie nicht ergründen können. Vielleicht lag es daran, dass sie einfach nur von ganz anderer Natur war. Ihre Schwester hatte etwas Triumphales, etwas Überhebliches, fällte vernichtende Urteile über angeblich Untergebene, sie musste unbedingt an oberster Spitze stehen und auf andere hinuntergucken, eine gewisse Herrschsucht war ihr eigen. Sie hatte den Kontakt zu ihr mehr oder weniger verloren, beide suchten nicht die Gesellschaft der jeweils anderen, aber doch hatte sie auf die Schnelle bei ihrer Schwester Zuflucht gesucht, denn diese war alleinstehend, warum, konnte sie nicht sagen, denn sie hatten keinen engen Kontakt, aber sie hatte sie immer als schwierig empfunden, immer kritelnd und mäkelnd, plötzlich mit Vorwürfen aus dem Hinterhalt kommend, man konnte es ihr nicht recht machen, so hatte sie vielleicht die Männer in die Flucht geschlagen und war eine alte Jungfer geworden. Aber das war Spekulation. Jedenfalls hatte sie eine große Wohnung und ein Gästezimmer, das war bei ihren eigenen Kindern und Enkelkindern, wo sie ja auch hätte hingehen können, nicht so.

Monique packte ihre Tasche, ging dann nochmal zum Schreibtisch, um zu prüfen, ob sie auch wirklich keinen Brief ausversehen vergessen hatte, in die Schublade zurück zu legen. Dabei bemerkte sie das heruntergefallene Papierstück, das von weitem wie ein Foto aussah, sie hob es auf und blickte auf eine Ultraschallaufnahme, das Papier begann leicht in ihren Händen zu zittern. Was sollte das bedeuten? Es stand eindeutig der Name ihrer Schwester darauf, sie vergewisserte sich mehrmals. Warum hatte es zwischen den Briefen von Antoine und ihr gelegen? Was hatte er damit zu tun? War er der Vater? Ihre Schwester war für eine Schwangerschaft doch viel zu alt. Obwohl es auch das gab. Hatte sie eine Fehlgeburt? Monique wehrte sich entschlossen

140

und legte das Papier wieder zwischen die Briefe zurück. Vielleicht war ihre Schwester gar keine alte Jungfer, sondern ein durchtriebenes Miststück!

Sie hob die Tasche auf und ging festen Schrittes zur Tür, die sie hinter sich schloss. Sie ging zu Fuß, denn die Wohnungen lagen zwar weit, aber nicht zu weit auseinander.

Sie würde weder mit ihrer Schwester darüber sprechen noch mit Antoine, weder über das Ultraschallbild noch über die Briefe.

Sie dachte daran, dass sie selbst einmal eine Affäre hatte, denn sie war ja zehn Jahre jünger und daher zehn Jahre früher als Antoine in Rente gegangen. Sie hatte sich damals auf einen flotten, um 10 Jahre älteren Mann eingelassen, der verwitwet im Nachbargebäude alleine lebte, vielleicht auch, weil sie in der Beziehung zu Antoine ja immer die um 10 Jahre Ältere war, in ihrer Affäre hatte sie es genossen, die Jüngere zu sein. Sie hatte es vor Antoine geheim gehalten, denn es war nichts Ernstes, nur so zum Vergnügen und Zeitvertreib, und das sowieso kleine Feuer war bald von selbst erloschen. Außerdem nahm ihr Ehrenamt sie mehr und mehr in Anspruch.

Es war alles gut so, wie Antoine es entschieden hatte. Sie war damit zufrieden, dass er Rücksicht auf sie nahm. Er würde sie nicht fallen lassen, dafür war sie zu alt, sie war wie eine Mutter zu ihm geworden, und er nahm ihre mütterliche Fürsorge gerne an. Sein Vergnügen mit einer anderen sollte er haben, ob mit ihrer Schwester oder einer anderen, sie würde sich damit abfinden, sich arrangieren, denn sie selbst hatte keine Lust mehr, Liebe zu machen, sie hatte es Jahrzehnte lang genossen, und jetzt wollte sie schon lange nicht mehr.

Bevor sie Antoine kennenlernte, war sie verheiratet gewesen. Sie hatte sich von ihrem Ehemann nach 12 Jahren getrennt, weil er fremd ging. Aber damals war sie jung und hatte das Begehren noch nicht abgeschrieben. Deshalb verließ sie ihn mit den Kindern. Die Situation damals und heute war in ihren Augen nicht vergleichbar.

Sie hatte das Interesse an Liebesspielen verloren, die letzten Male hatte ihr die Penetration sogar weh getan. Nein, ihre Lust war vollkommen verschwunden, worauf sollte sie da noch eifersüchtig sein? Sie führte mit Antoine ein reges, soziales Leben, das entschädigte sie beide, und sie hatte immer den Eindruck gehabt, dass auch Antoine die Harmonie liebte, das gemütliche Leben, wohltemperiert, mit großem Geschmack.....

Sie schloss die Wohnungstür auf und rief freudig in die Wohnung hinein: „Antoine!". Es kam keine Antwort. Sie trat ein und wollte ihren Mantel auf die Garderobe hängen, sie hielt jedoch in der Bewegung inne und rief fragend „Antoine?" Dann vollführte sie ihre Bewegung zu Ende und fragte abermals laut: „Antoine?

Personen

Die Mutter
Ihre Zwillingsschwester Renée

Der leibliche Vater

Die Kinder:

George (Finanzbeamter)

Antoine (Fotograf)
mit Frau Monique (Verkäuferin)
und deren Schwester Anna (Buchhändlerin)

Philippe (Sozialpädagoge)
mit Frau Madelaine
und gemeinsamer Tochter Marlene (erkrankt)

Flores (Geigenbauerin)
und ihr Geliebter Paul (Konzertpianist und verheiratet)

Mireille (Malerin)
Und ihr ausländischer Geliebter Pierre

Juliette (Lehrerin)
nach der Geburt zur Adoption freigegeben

7 Marie-Louise (Immobilienmaklern)
Mit Lebensgefährtin

Personen und Handlung sind frei erfunden.

Ähnlichkeiten mit lebenden und nicht lebenden Personen sind rein zufälliger Natur und nicht beabsichtigt.

Bücher

Dreiklang
Kurzgeschichten
700 Seiten

Zweiklang
Mutter-Tochter Beziehung
300 Seiten

Einklang
vergriffen

Nos échanges
Vergriffen

Stimmen
Kurzgeschichten
250 Seiten

Fünfklang
Fünf Prosatexte
250 Seiten

Zer brochen
Untertitel:
Innerhalb und außerhalb des Tunnels
Biografischer Text
250 Seiten

Trennung
Vergriffen

Der seine Stirn an den Baum lehnte
Gedichte
300 Seiten

Märchen
30 Märchen
140 Seiten

l.n.1
vergriffen

l.n.2
vergriffen

Antoine und seine Geschwister
Erzählung
112 Seiten

die Autorin lebt und arbeitet in Hamburg.
Homepage www.brigittesandberg.de